隣の三姉妹　僕は童貞玩具

橘　真児

マドンナメイト+

隣の三姉妹　僕は童貞玩具

第一章　隣の三姉妹

1

春休み——。

中学校を卒業し、高校に入学するまでの、二週間あまりの自由時間。

三年間を過ごした校舎や、小学校からの友人たちとサヨナラした寂しさ、高校生という新たな身分への期待と不安。それから、春という季節が感じさせる、すべてが生まれ変わったみたいな新鮮な清々しさ。

様々な思いにひたって、山内直也《やまうちなおや》は気持ちを浮き立たせていた。こんなにもそわそわするのは、生まれてからずっと住んでいた家族世帯用のアパートを出て、新しい家に住むからだ。

「直也にもきょうだいができるかもしれないし、今のうちに広い家に引っ越したほうがいいでしょ」

母親からそう言われたのは、去年の秋である。しかし、すでに新しい生命がお腹に宿っていたわけではない。

父親が二年間の単身赴任生活を終え、新年度からは親子三人で暮らせるようになる。それは彼女にとっても嬉しいはずで、浮かれてそんな冗談を口にしたのだろう。

直也とて、ひとりっ子なのを寂しく思ったことはある。しかし、もう十五歳なのだ。ここまで年の離れたきょうだいができたところで、一緒に遊ぶのも難しい。

それに、きょうだいができるということは——。

(父さんと母さん、新しい家でセックスをするのかな……)

直也は悩ましさを覚えた。

もう高校生になるのであり、男女のそういう行為に関しての知識はある。しかしながら、自身が両親の性的な交わりによってこの世に誕生した実感はない。

まして、四十歳近いふたりが裸で抱き合うところも、ひどく想像しづらかった。

両親のセックスを目撃した友人はいる。とは言え、それは何の知識もなかった、幼い頃の話だという。

当時は何をしているのかまったくわからず、適当な説明で誤魔化されたそうだ。あれが何だったのか、学校の性教育でようやく理解できたと、彼から聞かされた。他に、具体的な場面は目にせずとも、気配や声で察した友人もいる。

直也の場合は、あいにくというか幸いというか、そういう経験はない。ただ、性器は年齢相応に発達し、包皮もちゃんと剝ける。もちろんオナニーも経験済みだし、定期的にザーメンを放出していた。

もっとも、狭いアパートゆえ自分だけの部屋が持てなかったから、ペニスをしごく場所を見つけるのに苦労したのは否めない。早く帰宅して母親が不在のときにするか、あとは入浴中が多かった。

そんな不自由な日々から、ようやく解放されるのである。

新居は同じ市内である。進学する高校は都立でもレベルの高いところで、同じ中学から進学するのは数名しかいない。

だが、新たな出会いもある。学業成績がピンからキリまでの公立中学と異なり、難関を突破した仲間たちが集うのだ。きっと話も合うだろう。

それに、もしかしたら、初めてカノジョができるかもしれない。

直也は進学への不安を、さほど感じていなかった。新しい家に住むことも、ずっと楽しみにしていた。

新居は造成されたばかりの宅地に建てられた、十棟近い建売住宅のひとつである。４ＬＤＫで、小さいながら庭もあった。

両親は、これからローンが大変だとぼやいている。しかし、集合住宅ではない一戸建ては、まさに家族の城という感じがした。

入居前に下見をしたとき、何もないがらんとした家に他人行儀な印象を持ちつつも、直也は嬉しくて胸がはずんだ。何しろ、初めて自分だけの部屋が持てるのだ。

寝床も、これまでは和室に敷いた蒲団で、親と一緒だった。けれど、新しい部屋は洋間だし、ベッドも購入済みである。部屋のどこに机を置こうかなどと、事前にあれこれ計画した。

おかげで、引っ越しの準備も面倒ではなかった。持っていくものを段ボール箱に詰めるだけでワクワクした。

転居当日、運送会社のトラックに乗って新しい家に到着すると、お隣もその日が引っ越しであった。

「初めまして。山内と申します。これからお隣同士、よろしくお願いします」

直也の母が、隣の母親らしき女性に声をかける。向こうも挨拶を返し、自然と家族同士の対面となった。

やはり市内から越してきたという館野《たての》家は、両親と娘が三人という家族構成である。

長女の涼花《すずか》は大学生。今度三年生になる。長いストレートヘアと色白の肌、黒目勝ちな目が印象的な、おっとりした雰囲気のお姉さんだ。

「ええと、直也君？　よろしくね」

優しい微笑を向けられ、直也はどぎまぎした。思春期の少年に、綺麗なお姉さんはあまりに眩しすぎた。

次女の小夏《こなつ》は四月から高校生三年生。姉と違って色黒なのは、スポーツをしているからではないか。密かに予想していたところ、

「元気そうなお嬢さんね。何か運動をしているの？」

直也の母が問いかける。

「はい。中学高校とソフトボール部に入ってます」

小夏ははきはきと答えた。

ショートカットでえくぼが愛らしい年上の少女は、勝ち気な眼差しがいかにも体育会系っぽい。太っているわけではないが、からだつきがむっちりしている。暑くもないのに、彼女だけノースリーブ姿だった。

三女の恵令奈《えれな》は、直也と同い年だ。しかも、一緒の高校だという。

「同じ中学から進学する子がいなくて、友達ができるか心配だったの。直也君、仲良くしてあげてね」

姉妹のお母さんに頼まれて、直也は「はい」と返事をした。ただ、少々戸惑っていたのは否めない。

女の子と仲良くするなんて照れくさい、なんて思ったわけではない。中学校では生徒会の役員を務め、直也は先生だけでなく、同級生たちからも頼りにされた。面倒見がよかったから、女子から相談を持ちかけられることもあった。

よって、お隣のよしみで友達になるぐらい造作もない。にもかかわらず、（だいじょうぶかな）と不安を覚えたのは、恵令奈の態度が気になったからだ。

姉ふたりがそれぞれに魅力的なだけあって、彼女も可愛らしい。いや、一分《いちぶ》の隙もなく整った美貌は、姉妹の中でいちばんの美少女かもしれない。高校では男子たちの注目を集めるだろう。

にもかかわらず、直也は好感を持てずにいた。どこか見下したというか、小馬鹿にした視線を向けられている気がしたからだ。

しかも、顔を合わせたときからずっと。

最初は気のせいかと思った。しかし、恵令奈の母親が仲良くしてあげてと言ったときなど、彼女はフフンと鼻で笑ったのである。まるで、

《あんたみたいなつまらない男が、ワタシと仲良くできると思ってるの？》

なんて蔑《さげす》むみたいに。おとぎ話に出てくる意地悪な王女そのものに見えた。

他の誰も、恵令奈の不遜な態度には気がついていないようだ。彼女は直也だけに、挑発的な顔を向けていたのである。

(なんだ、こいつ)

直也はムカついた。

元来、ひと当たりはいいほうなのだ。初対面の人間に敵意を抱くなんて、まずあり得ない。まして、こんな可愛らしい女の子に。

ところが、恵令奈には反感を持たざるを得なかった。知り合ってすぐに侮蔑の視線を向けられて、どうして友好的になれるだろう。

一方で、大学生の長女には、大いに好感を抱いた。

(涼花さんはこんなに素敵で優しそうなのに、姉妹でこうも違うなんて……)

比較することで、恵令奈がますます嫌な子に思える。

末っ子だから甘やかされ、ワガママになったのではないか。自分の可愛らしさを鼻にかけているふうでもある。少なくとも、隣家の少年と仲良くするつもりなど、かけらもなさそうだ。

だったらこちらも、無理をしてまで友達になる義理はない。

高校に入ったら、彼女は彼女でうまくやるだろう。気が強そうだし、友達ができないと泣きついてくることはあるまい。

むしろ、隣に住んでいるのをいいことに、あれこれ利用されるのではないか。たとえば課題を手伝わされたりとか。断ったら、仲良くしろって言われたじゃないと、この場のやりとりを蒸し返す気がした。

ほとんど被害妄想に近い未来を描き、直也は密かに嘆息した。それでも、表立って反発したらギスギスするから、平静を装う。こういう対応ができる自分のほうが、ずっと大人だと自惚れながら。

あるいは、美少女に蔑まれたショックを隠すため、強がっていたのかもしれない。少なくとも、プライドを傷つけられたのは確かだ。

(フン。知るもんか、こんなやつ)

かくして、お隣との初めての対面は、直也の胸にしこりを残したのである。

2

引っ越しの片付けは、一日で終わらなかった。その晩、未開封の段ボール箱がいくつも積まれた部屋で、直也は休むことになった。

生まれて初めて手に入れた、自分だけの場所である。未だ余所余所しく、閑散とした眺めの空間ながら、何ものにも代え難い宝物だ。

(ここが僕の部屋だ……)

味気ない眺めの天井すら、輝いて見える。

Tシャツとブリーフのみの格好で、真新しいベッドに入った直也は、目をつぶって眠ろうとした。ところが、嬉しくて気が昂っていたらしい。荷物運びや片付けで疲れたはずなのに、なかなか寝つかれなかった。

睡魔の訪れる気配が少しもなく、諦めて瞼《まぶた》を開く。

彼の部屋は二階である。明かりをすべて消したにもかかわらず、室内はそこそこ明るかった。まだカーテンがなくて、街灯や月明かりが差し込んでいたためだ。

(明日には届くって、母さんは言ってたよな)

すでにカタログで注文してある。自分の部屋だから、直也が選んだのだ。写真でしか見ていないが、縦縞のすっきりしておしゃれなやつだ。

とは言え、室内をきちんと片付けなければ、カーテンだけ整えても意味がない。今日はリビングやキッチンのほうを手伝っていたから、自分の部屋はほとんど手つかずなのである。

窓の外を眺めると、お隣の館野家が見える。向こうは引っ越しの片付けが終わったのだろうか。子供が三人いて、人手は足りていそうなものの、それぞれの部屋までは済んでいないかもしれない。

そう言えば、女の子は持ち物が多いなんて話を聞いたことがある。実際、お隣は引っ越しトラックで二台分の荷物があったのだ。

(あんなにたくさんあったら、一日や二日じゃ終わらないだろうな)

特に恵令奈あたりは、すべて母親や姉にやらせそうである。と、未だに不愉快な気分を引きずっていたものだから、直也は同い年の少女をぐうたらだと決めつけた。

そのとき、いきなり外が明るくなったものだからドキッとする。

(え?)

もちろん朝になったわけではない。向かいの部屋の明かりが点いたのだ。掃き出し窓で、ベランダの囲いも低いから、中がよく見える。

やはり片付けが済んでいないらしい。本棚やドレッサー、ベッドなどは設置してあるようだが、段ボール箱が壁際に積んであった。

壁にもカレンダーひとつ掛かっていない。物があるわりに、がらんとした印象を受ける。それは直也の部屋も同じだった。

向こうの窓もカーテンがない。だから室内がまる見えなのだ。こっちも明かりをつけたら、お隣さんからすべて見られてしまう。

(早くカーテンをつけないと困るな)

しかし、そんなことなどどうでもよくなる事件が起こった。

(え!?)

心臓がバクンと大きな音を立てる。向かいの部屋に入ってきたのは、女子大生の涼花だったのだ。

彼女はバスタオルをからだに巻きつけただけの格好。胸元から上と、太腿がまる見えである。シャワーか入浴のあとなのだろう。

おっぱいもおしりも、もちろん秘められたところも見えていない。しかし、他人の前で晒すことのない、美女の貴重な艶姿だ。そんなものを目撃するのは初めてだし、見知った人物ゆえに生々しくて、思わず目を見開いてしまう。

ドレッサーの前に坐るとき、涼花がこちらにチラッと視線をくれる。直也は心臓が止まりそうになった。

けれど、彼女は特に気にした様子もなく、鏡と対面する。こっちの室内は暗くて中が見えないから、ベッドにいる少年に気がつかないのか。あるいは、もう眠っていると思ったのかもしれない。

おかげで、綺麗なお姉さんのプライベートを、誰はばかることなく観察することができる。

とは言え、できるだけじっとしていなければならない。外の明かりが部屋に差し込んでいるから、動いたら気づかれる恐れがある。

掛け布団をそろそろと引っ張りあげ、頭まですっぽりとかぶる。それから、端っこを少しだけ持ちあげ、隙間から涼花の部屋を覗き見た。

こんなことをしちゃいけないと、もちろんわかっている。だが、憧れの女性のすべてを知りたい気持ちのほうが勝っていた。

だいたい、カーテンがないのにあられもない姿を晒しているのは、彼女のほうなのである。直也はお隣に侵入しているわけではなく、自分の部屋で寝ているだけなのだ。咎められる謂われはどこにもない。

そう自らに言い聞かせ、覗き見を続ける。

涼花は化粧水らしきものを顔に塗り、くるくると丁寧なマッサージを施した。昼間顔を合わせたときには、特にメイクなどしていないように見えたし、すっぴんでも充分すぎるほど魅力的なのに。それでも年頃になれば、女性は肌の手入れを怠らないものらしい。

(涼花さん、もう大人なんだな……)

大学三年生になるなら、二十歳のはず。お酒も飲めるし、立派に大人である。

一方、こちらは四月から高校生。彼女から見ればまだ子供だ。いくら背伸びをしたって、相手になどしてもらえまい。残酷な現実を突きつけられた気がした。

だが、少なくとも今は、彼女の私生活を独占できる。ほんの少し距離が縮まったと感じた。

肌のお手入れを済ませて立ちあがった涼花が、脇にあったチェストから何やら取り出す。小さな布切れがパンティであることを、直也はすぐに悟った。

（え、それじゃ——）

下着を穿こうとしているのは明白だ。少年が期待したのは、そのときに彼女がバスタオルを取るのではないかということであった。

残念ながら、涼花はバスタオルを素肌に巻いたまま前屈みになり、薄物に脚を通した。それでも、窓におしりを向けていたため、丸みの下側が裾からはみ出しそうになってドキッとする。

しかし、引っぱりあげるときに直立の姿勢に戻ったため、ほとんど見えなかった。

（ああ、そんな……）

せっかくのチャンスだったのに。直也は大いに落胆した。

一方、期待が大きかったことで昂りもふくらみ、股間の分身も膨張する。かつてない猛々しさで。

「うっ」

直也はたまらず呻《うめ》いた。勃起したことで包皮が後退し、露出した粘膜がブリーフの裏地にこすれたのだ。普段、仮性包茎の皮でしっかりとガードされているから敏感なのである。

布団の中で、直也はブリーフをずりおろした。硬くなったペニスを楽にするためと、快楽を得るために。あらわになった屹立を握るなり、目のくらむ悦びがからだの芯を貫く。

（なんか、いつもより気持ちいいぞ……）

普段のオナニーとは比べものにならない快さ。亀頭粘膜に触れただけで、体軀がビクンとわななないた。それだけ昂奮しているということなのか。

そして、手を動かすことで快さが大きくなる。

「うっ」

堪え切れず声を洩らし、直也は歯を喰い縛った。お隣のお姉さんに聞かれるかもしれないと思ったのだ。

もちろん、そんなところまで届くほどの声ではない。事実、涼花はこちらを振り返ることなく、バスタオルをはずした。

（あ！）

直也は目を見開いた。パンティ一枚の鮮烈なセミヌードを目撃したからだ。

丸まるとして重たげなヒップに喰い込むのは、純白の清楚な下着である。裾からお肉がはみ出しているのはサイズが小さいのか、それともおしりが大きいのか。

ともあれ、オールヌードにも負けないセクシーさがあった。

窓外の光景に目も心も奪われ、勃起をしごく直也は、快楽の極みにぐんぐん近づいていた。綺麗なお姉さんのあられもない姿に昂り、自身がどこまで高まっているのか自覚していなかった。

涼花がこちらを向く。盛りあがりはそれほど大きくないが、かたちの良い乳房を目にして、思わずナマ唾を呑んだ。

（涼花さんのおっぱいだ！）

母親のものを除けば、初めて目撃した実物の乳房である。距離が遠くても、目眩を起こしそうに昂奮した。

彼女は屈み込むと、段ボール箱の中をあさった。寝間着を探しているらしい。

最初に取り出したのは、丈の長いネグリジェだった。それはすぐに戻し、続いて手に取ったのは、やけに生地が薄そうなものだ。

少し考えてから、涼花は腕をとおした。

直也の心臓がひときわ大きく高鳴る。彼女が身にまとったのはピンク色で、やけにヒラヒラして丈の短い、ベビードールだったのだ。まだ十五歳の少年は女性のランジェリーに疎《うと》いから、そんな呼び名は知らなかったが。

ともあれ、パンティが丸見えで、おっぱいも透けている。これもヌード以上にエロチックであった。

(涼花さんって、ああいうスケスケの寝間着が好きなのか……)

いかにも清純そうに見えたから、意外であった。そのぶんギャップが著しく、いやらしさが五割増しだったのは間違いない。

涼花は天井の蛍光灯を消すと、ベッドに横になった。その前にナイトスタンドを点けたから、魅惑のセミヌードを続けて観察することができる。

幸いなことに、彼女は掛け布団を使わずにいた。春とは言え、夜はまだ肌寒い。にもかかわらず、薄物をまとっただけの姿で、ベッドに手足をのばしたのである。

(寒くないのかな?)

隣の少年が気にかけていることなど、知りもしないのだろう。涼花はスマホを手に取ると、寝そべったまま操作した。ディスプレイの明かりが美貌を照らし、やけに色っぽい。

文字を打ち込んでいる様子はないから、写真かネットを見ているのか。なかなか状況が進展しないものだから、直也は焦れったくなった。

(あれ?)

様子がおかしいことに直也が気がついたのは、しばらく経ってからだ。涼花の両脚が、落ち着かなく曲げ伸ばしされたのである。さらに、腰もくねっているよう。

寒いせいでからだが冷えて、オシッコを我慢しているのかと思った。けれど、高校入学前の少年は、エロチックなしぐさであることを間もなく理解した。

(涼花さん、ひょっとしていやらしいサイトとかを見ているのかも)

性的な素材を扱った小説か漫画、あるいは動画なのか。いかにも清らかで真面目そうなお姉さんが、そんなものを見るなんて信じ難い。

だが、セクシーなナイティを身にまとっていることで、もしやと憶測できた部分もあった。エロい雰囲気にひたりたくて、ああいう煽情的な装いになったのではないかと。誰かに見せるためではなく、自らの気分を高めるために。

事実、スマホを操作するのとは反対の手が、ベビードール越しにふっくらした乳房をまさぐりだす。

『あ――』

それは涼花の声であった。もちろん、本当に聞こえたわけではない。半開きになった唇から切なげな喘ぎが洩れたのを、目で悟ったのである。

(涼花さんが、おっぱいをさわってる……)

自身が悦びを得ているのと同じように、彼女もまた、乳房を刺激して快感にひたっているのではないか。

女らしい下半身の動きが、いっそうなまめかしくなる。両膝をすり合わせ、腰が左右にくねくねしだした。

(やっぱり感じてるんだ!)

直也は全身が熱くなるのを覚えた。

知り合って、綺麗なひとだなと憧れたその日の夜に、秘められた痴態を目撃できるなんて。これはラッキーなのか、それとも見てはいけないものを見てしまったのか。直也は複雑な思いを噛み締めた。

それでも、股間の分身だけは欲望をあからさまに、猛々しく脈打つ。

(うう、すごく硬くなってる)

ここまでの著しい勃起は、初めてかもしれない。透明で粘っこい先汁も、亀頭がヌルヌルになるほど溢れていた。

お風呂で綺麗に洗ったはずなのに、蒸れた青くささが掛け布団の中に充満する。指を絡めた包皮をスライドさせると、にちゃにちゃと卑猥な音が聞こえた。カウパー腺液が包皮と亀頭の狭間で泡立っているのだ。

(涼花さんも、もう濡れてるのかも)

女性も昂奮すると、尿とは異なる分泌液を滲ませることぐらい知っている。膣にペニスを迎え入れやすくするために。

そんなことを考えたら、まだ女体を知らない若いペニスを、彼女の中に挿《い》れたくてたまらなくなる。

そのとき、薄布越しにふくらみを弄んでいた手が移動した。いかにもスベスベしていそうな太腿の、付け根部分へと。

『ああっ』

また声が聞こえた気がした。彼女が腰をビクンと震わせ、背中を浮かせたのである。明らかに、感じているとわかる反応だ。

パンティの上からまさぐっているだけのようだが、ナイティに透ける裸身がせわしなく波打っている。曲げられていた膝がピンとのびて、爪先がシーツを引っ掻くのがわかった。

（あれが女性のオナニーなのか）

初めて目撃する、異性の秘めやかな行為。離れた場所で、自分も同時に性器を刺激している。奇妙な一体感が生まれ、快感がいっそう高まる心地がした。

間もなく、涼花の手がパンティのゴムをくぐり、中へ入り込む。

（直にアソコをいじるんだな）

女性器がどんなふうになっているのか、性教育のパンフレットや学習雑誌に載っていた略図程度しか知らない直也には、実物など想像しがたい。真面目な性格ゆえ、ネットの無修正画像を探したことなどなかったのだ。中学生が見るべきではないという思いがあったから。

それでも興味を惹かれていたのは間違いない。今は涼花のそこを見たいという気持ちがふくれあがっていた。きっと濡れているに違いないところを。

しかしこの距離では、仮に彼女が下着を脱いだところで、その部分を観察するのは不可能だ。

天体観測をしたいからと、望遠鏡を買ってもらおうか。そんな計画を練るあいだにも、お姉さんのひとり遊びは大胆さを増してくる。

涼花はスマホを枕元に置くと、操作していたほうの手をベビードールの裾から中へ忍ばせた。再び乳房を愛撫しながら、パンティの中も弄り続ける。

二箇所を同時に責めることで、悦びが大きくなったらしい。腰が上下にはずみ、左右にも忙しくくねる。表情はよく見えないものの、どうやら目を閉じて快感にひたっているようだ。

（ああ、すごくいやらしい）

真面目で清らかな女性だと思っていたのに、引っ越しをした初めての夜に、こんなことをするなんて。しかも、カーテンのない部屋で。

だからといって、軽蔑したわけではない。むしろ、一心に孤独な愉悦を求める姿はいじらしく、秘密を知ったことで親近感も湧いた。

（……涼花さんもイクんだろうか）

女性が最終的にどうなるのか、直也は知らない。男のように精液を出すわけではないし、ただ気持ちよくなって終わるのだろうか。

想像に、頭がぼんやりしてくる。それはオルガスムスの接近によるものだったのに、直也は自覚していなかった。涼花と一緒に快楽を求めることに夢中だったのだ。

衝き動かされるみたいに硬い分身をしごいていると、唐突に終末が訪れる。

「くはっ」

直也は、太い喘ぎを吐き出した。下半身が快い気怠さにまみれてガクガクする。強ばりの中心を熱いものが通過した。

（あ、まずい）

もはやなり振りかまっていられない。直也は慌てて掛け布団をはね除けた。左手をしゃくりあげるペニスの前にかざし、次々と放たれる白濁の体液を受け止める。

（うう、出ちゃった）

ティッシュを準備しておけばよかったと、後悔しても後の祭りだ。

むせ返るほどの青くささが漂う。手のひらで受け止めきれなかった精液の一部が、シーツに垂れていた。おろしたてなのにシミをつけてしまったら、母親になんと言われるかわからない。オナニーをして汚したとバレる恐れもあった。

直也は股間をまる出しにしたままベッドを出て、机にあったティッシュで手指のザーメンを拭った。それから、シーツに染み込みかけたぶんも丁寧に拭き取る。

（何をやってたんだろう、僕は……）

お隣を覗いたばかりか、オナニーまでしてしまうなんて。

二度と涼花に顔向けができない。ペニスも恥じ入るように縮こまり、包皮が完全に戻った先端に、白い雫を光らせた。

それも拭ってから、丸めた薄紙をゴミ箱に捨てる。ブリーフを引きあげた直也は、思い出して涼花の部屋を見た。

いつの間にかナイトスタンドの明かりは消えており、真っ暗で何も見えない。オナニーでイッたあと眠ったのか。

最後にどうなったのか見たかったなと、性懲りもなく浅ましいことを考える。だが、もうひとつの可能性が浮かんで、それどころではなくなった。

(涼花さん、僕がどたばたしてるのに気がついて、部屋を覗かれてたってわかったのかも)

こちらの電灯は消しているから、暗くて見えないはず。それこそ、今の彼女の部屋みたいに。

しかし、外からの明かりが多少は差し込んでいるのだ。下半身丸出しで後始末をしている隣家の少年を見て、すべてを察したのかもしれない。

恥ずかしさと罪悪感に苛まれ、直也はベッドに潜り込んだ。ほのかに漂う精液の残り香にもの憂さを覚えながらも、間もなく絶頂疲れで眠りに落ちたのである。

3

翌日、部屋の片付けをしていると、階下の母親に呼ばれた。

「なに――」

階段を降りて、玄関にいた母に声をかけるなり、思わず息を呑む。そこにもうひとりいたからである。

「こんにちは、直也君」

ニコニコと愛想のいい笑顔で挨拶をしたのは、隣家の同い年の美少女、恵令奈であった。

「恵令奈ちゃん、直也に勉強を教わりたいんだって」

「え、今から?」

「そうよ」

だが、部屋の片付けがあるのだ。直也が断ろうとしたのを、恵令奈は敏感に察したらしい。

「直也君って、勉強ができるんでしょ? エレナ、今のうちに中学校の復習をしておきたいんだ。でないと、高校に入ったあとで困るから」

殊勝なことを述べ、是が非でもというふうに目をキラキラさせる。直也の母親は真に受けたようだった。

「感心なのね。直也も協力してあげなさい」

やけに上機嫌な口調で命じる。息子が可愛い女の子に頼られて、単純に嬉しかったのかもしれない。

「だけど、僕の部屋はまだ片付いてないんだけど」

「だったら、エレナの部屋に来て。ちゃんとキレイになってるから」

「あら、もう終わったの？　偉いわね。直也もさっさと済ませなくちゃ駄目よ」

とんだとばっちりを喰らい、直也は顔をしかめた。そして、ほとんど追い立てられるみたいに、家を出されてしまう。

(何か企んでいるんじゃないか？)

恵令奈の後ろを歩きながら、直也はずっと警戒していた。

昨日、明らかにこちらを小馬鹿にしていたくせに、やけにフレンドリーな態度を見せている。勉強は口実で、きっと裏があるはずだ。

(だいたい、高校生になるのに、自分のことを名前で呼ぶなんて)

子供っぽいというより、自己愛の強さをひけらかしているようでぞっとする。

「さ、どうぞ」

招き入れられ、「おじゃまします」と頭を下げてお隣の家に入る。中の造りはまったく同じではないものの、壁紙や床板は自分のところと一緒だった。

「家のひとは？」

やけに静かなのを訝《いぶか》って訊ねると、

「パパとママは、お姉ちゃんたちと買い物に行ってるわ。新しいお家は、何かと要るものがあるから」

恵令奈がさらりと答える。つまりこの家には、彼女と自分しかいないのだ。ますます不吉な予感がしたものの、逃げるわけにはいかない。度胸のない男だと、あとあとまで蔑まれそうな気がした。

(ええい。女の子とふたりだから何だっていうんだ)

直也は自らに発破《はっぱ》をかけ、美少女に続いて角度のある階段を上がった。

恵令奈の装いは、春っぽいパステルカラーのシャツと、ひらひらしたミニスカートである。それが抜群に似合っていたのも事実で、だから余計に、ふたりだけなのを意識してしまったところもあった。

何気なく彼女を見あげた直也は、スカートの裾から覗いた下着に、胸が爆発しそうに高鳴った。

パンチラを目撃するなんて、珍しいことではない。学校でも、元気のいい女子はスカートでもかまわず駆け回っていたからだ。

もっとも、彼女たちがはしたなく晒していたのは薄手の短パンや、本来の下着に重ねて穿いた、見せパンと称されるものだった。

恵令奈が穿いていたのは、それらとは異なる。くりんと丸いおしりを包むピンクの下着は、生地が薄くてサイズも小さめだ。それこそパンツではなく、パンティという呼び名が相応しいもの。

高校生になるのだから、ガキっぽい下着からも卒業したというのか。ともあれ、同い年とは思えないほどのエロチシズムを感じて、直也は足元が危うくなった。

「どうしたの？」

声をかけられてハッとする。いつの間にか恵令奈がこちらを振り返り、眉をひそめていたのだ。

「え？　いや、何も」

直也は懸命に素知らぬフリを装った。けれど、彼女が何かを見抜いたふうに目を細めたものだから、居たたまれなくなる。

（スカートの中を覗いたの、バレたのかな？）

いや、べつに覗いたわけではない。たまたま見えただけなのだ。こういう場合は目を伏せるのがエチケットだと言われたら、そんな弁解が通用するはずがない。

しかし、そんな弁解が通用するはずがない。

幸いにも、恵令奈は咎めることなく、さっさと二階へ上がる。直也も安堵してあとに続いた。

二階には三部屋あって、これは直也の家も同じだった。真ん中の部屋のドアが開いており、見覚えのあるドレッサーを発見してドキッとする。

（ここが涼花さんの部屋なんだな）

直也の部屋も二階の真ん中だ。向かい合わせだから、中がまともに見えたようだ。

カーテンが付けられたら、もうあんな場面は目撃できまい。ただ、涼花は警戒心がなさそうだし、何かの折に着替えぐらいなら拝めるかも。

（やっぱり望遠鏡を買ってもらおうか）

そんなものをこれ見よがしに置いたら警戒される。双眼鏡ぐらいにしておいたほうがよさそうだ。それならお小遣いで買える。

などと考えていた直也は、

「ほら、こっちよ」

恵令奈に呼ばれて我に返った。招かれたのは二階の奥の突き当たりだった。そこが彼女の部屋らしい。

涼花の部屋は、直也のところと同じ六畳のようだ。しかし、招かれた部屋はそれよりも広く、八畳はありそうだ。

(ここはうちと造りが違うんだな)

直也の家は、二階はすべて六畳である。そのぶん、角部屋はベランダが広くなっていた。

こちらは、そのひとつが八畳間らしい。二段ベッドがあって、机もふたつ並んでいる。どうやら恵令奈と、次女の小夏がふたりで使う部屋らしい。

片付けは済んだと言っていたとおり、恵令奈のものであろう机と、その脇の本棚とカラーボックスには、本や小物が綺麗に並んでいた。ピンクと白を基調にした、いかにも少女っぽい飾りつけである。

一方、もうひとつのシンプルな机は、上や脇に段ボール箱が置かれたままだ。

見るからに片付けの途中である。小夏はソフトボールをやっているそうだが、開いた箱の中にグローブが見えた。

恵令奈が自分のぶんをてきぱきと片付けたとは考えにくい。ワガママな三女は姉たちをこき使い、自分のところを先にやらせたのではないか。

「そこ、坐って」

美少女が床を指さして命じる。フローリングの床にクッションがあって、直也はそこに腰をおろした。

(だいぶ本性が出てるみたいだぞ)

家に入ってから、言葉遣いがぞんざいになっている。直也の母の前では猫をかぶっていたのだ。

顔つきもさっきまでと違う。昨日と同じく、明らかにこちらを見下す目つきだ。

「で、何を教えればいいの?」

いちおう訊ねると、彼女はフフンと鼻で笑った。

「あんたに教わることなんて何ひとつないわ。エレナ、勉強は得意だもの。仮に教えてもらうとしても、もっとかっこいい男子に頼むから」

問題外という態度をとられ、直也は憤慨した。だったらどうして家に連れてき

たのか問い詰めようとしたとき、

「そんなことより、いいものを見せてあげる」

ニコッと笑みを浮かべられ、図らずもときめいてしまう。いくら性格に難があっても、美少女の笑顔には有無を言わせぬ破壊力があった。

「いいものって?」

首をかしげる直也の前で、恵令奈は机の椅子を引っ張り出して腰掛けた。脚を高々と組み、またスカートの中が見えそうになったものだから、慌てて顔を背ける。彼女につけ込まれたくなかったのだ。

「これ、進学のお祝いに買ってもらったの」

そう言って、恵令奈が机の上にあったものを手に取る。片手で操作できる、小型のビデオカメラだった。

「ふうん」

直也は大して興味を引かれないままうなずいた。高校に入ったらスマホを買ってもらう予定だし、べつに羨ましくなかった。今どき時代遅れのビデオカメラを自慢げにひけらかす彼女を、子供っぽいとすら感じた。

(こんなものを見せるために、わざわざ僕を呼んだのか?)

やれやれとあきれると、同い年の少女が思わせぶりに口角を持ちあげる。

「せっかくだから、ゆうべさっそく使ってみたの。何が撮れたと思う？」

「さあ……」

「見せてあげるわ」

恵令奈がカメラの側面をパカッと開く。そこが液晶モニターになっており、撮影した映像が確認できるようになっていた。

目の前に差し出された再生画面に、直也は眉をひそめた。夜に撮影したらしく、やけに暗かったのだ。

「これ、なに？」

訝って訊ねると、彼女は「まあ、見てなさい」と言った。

間もなく、画面が明るくなる。夜間撮影モードにしたらしい。やや緑がかった、モノクロっぽい色調だ。

映っていたのは、窓であった。カメラがズームアップし、中へ侵入するみたいに室内の様子を捉える。しばらくぼやけていたが、ピントが合うとそこにあるものがはっきりとわかった。

ベッドだった。

「あっ」

直也は思わず声をあげた。それが自分の部屋だと、ようやく理解したのである。

掛け布団を頭からかぶっているのは、間違いなく直也自身である。つまりこれは、昨晩の映像ということになる。

「こ、これは――」

あまりのことに言葉が出てこない直也を、恵令奈は小気味よさげに見つめた。

「時刻を見て」

言われて、モニターに表示された日付と時刻を確認し、やっぱりそうだと蒼くなる。ベッドに入ってしばらく経ってからで、ちょうど向かいの部屋で涼花がオナニーを始めた頃であった。

そして、さすがにそこまでは見えていないけれど、自分も硬くなったペニスをこすっていたときなのだ。

どうやらこの部屋から撮影されていたらしい。灯りが点いていなかったから、窓辺に誰かがいるなんてまったく気がつかなかった。まして、ビデオカメラで撮影されていたなんて。

「スズ姉がお風呂を上がって、ベッドに入っていたときよね。スズ姉、オナニーしてたでしょ」

問いかけではなく断定の口調で言われ、直也は狼狽した。性的な事柄を示す単語を、美少女がためらいもなく口にしたのも信じられなかった。

「し、知らないよ」

焦って否定しても、彼女はすべてお見通しという態度を崩さない。

「知らないわけないでしょ。スズ姉のオナニーを覗いたくせに。あと、硬くなったチ×チンをシコシコしたのだって、ちゃんと知ってるんだから」

このままずっと撮影されていたのなら、いきなりの射精に慌てふためくところも、証拠として残っているのだろう。そうでなければ、ここまで自信たっぷりに断言するはずがない。

「スズ姉は、いつもお風呂上がりにオナニーをするの。毎日ってワケじゃないけど、オナニーをする日は夕ご飯のときぐらいからソワソワしてるから、見え見えなのよね。ひょっとして、エッチな下着とかつけてなかった？」

興奮を高めるために、姉がセクシーな装いをすることまで、末の妹は知っているらしい。彼女たちが以前住んでいた家は、秘密が持てないほど狭かったというのか。さすがに、直也たちのいたアパートよりは、広さも部屋数もあっただろうけれど。

直也が黙りこくっていると、恵令奈は得意げに胸を反らした。

「あんたの部屋がスズ姉の向かいなのは知ってたから、カーテンがないからたぶん覗くだろうって思ってたのよ。そしたら、寒くもないのに頭から布団を被ったし、案の定だったわ。スズ姉はぼやっとしてるから、あんたのことなんか気にもかけないでオナニーをしてたんじゃない？　いい年して彼氏がいなくて、バージンだから危機感がないのよね」

末っ子で、中学を卒業したばかりのくせに、生意気なことを言う。涼花への同情心が募るとともに、直也は無性に腹立たしくなった。

「そういう自分はどうなんだよ？」

言い返すと、美少女がきょとんとした顔を見せる。

「え、何が？」

「涼花さんのことを馬鹿にするけど、自分はどうなのさ」

「彼氏のこと？　何人もいたけど」

得意げでもなく答えたから、おそらく事実なのだ。たしかに見た目はいいセンいっており、男子にちやほやされるのもうなずける。

「まあ、その子たちとどこまでの関係だったのかなんて、あんたなんかに言う必要はないけどね」

さすがにセックスはしていなくても、キスぐらいなら経験していそうである。あるいは、お互いにさわり合ったりとかも。

早熟な同学年女子に、羨望とも嫉妬ともつかない感情を直也は抱いた。最も近かったのは苛立ちであったろう。自分などが及びもつかない、大人の経験をしていることが悔しかったのだ。

だから偉そうにしているのだとわかり、尚さら腹立たしくなる。

「もういいよ。それ、停めろよ」

みっともない場面を見せられることに耐えられず、直也はぶっきらぼうに告げた。すると、恵令奈が素直に停止ボタンを押す。

「ま、オナニーの後始末でバタバタしてるところなんか、見たくないわよね。いくら自分がしたことでも」

やはり彼女は、何があったのか知っているのだ。肉眼では見えなくても、ビデオカメラの赤外線モードがしっかり記録したようである。

（くそ……こんなやつに恥ずかしいところを撮影されちゃうなんて）

羞恥よりも、屈辱感のほうが強い。一番イヤな相手に、弱みを握られたのだから。

「だけど、普通はイク前に、精液を受け止める準備をするものじゃないの？　前もってティッシュを広げておくとか」

恵令奈が首をかしげる。男の自慰に関して、かなりの知識を持っているようだ。

(彼氏がするところを見せてもらったのかも)

そして、彼女もお返しに、自身がまさぐるところを見せたのではないか。

もっとも、そんな場面を想像したところで、少しもモヤモヤしない。今や恵令奈は完全に敵であった。

「ねえ、射精ってキモチいいんでしょ？」

好奇心をあらわに訊ねられ、直也は戸惑った。キラキラした瞳に、それまで感じていた敵意が窺えなかったからだ。

おかげで、思いがけず可愛く見えて、どぎまぎする。だからこそ、つい正直に答えてしまったのである。

「そりゃ、まあ」

「オナニーは毎日してるの？」

「毎日ってことはないけど」

言葉を濁すと、彼女が「ふうん」と思わせぶりにうなずく。それから、頬をにんまりと緩めた。

「ねえ、オナニーするところ見せてよ」

「ええっ？」

「ビデオには射精するところまで映ってなかったし。でも、オチ×チンは見られたんだから、今さら恥ずかしがることでもないでしょ」

わくわくした態度を示され、直也は鼻白んだ。ただ精液の出るところが見たいのだとわかったからだ。

（てことは、彼氏のを見たわけじゃないのか）

彼女が望んでも、さすがに男のほうが拒むであろう。もちろん直也も同じだ。

「そんなことできないよ」

断ると、恵令奈は不満をあからさまにした。

「どうしてよ？」

「どうしてって……」

「あんた、エレナに逆らえる立場だと思ってるの」

いきなり口調が刺々しくなる。机に置いたビデオカメラにチラッと視線を走らせたから、言うことを聞かないとあの映像をみんなに見せるつもりなのだ。

(脅迫する気かよ)

ほんの一瞬でも、可愛いと思ってしまったことを後悔する。おまけに、彼女は偉そうに顎をしゃくり、

「ほら、脱ぎなさい」

居丈高に命令したのである。

「脱ぐって、何を?」

「ズボンよ。それからパンツも。オチ×チンを出して、自分でシコシコして精液を出すのよ」

オナニーに射精と、少年のプライバシーをフルコースで暴くつもりなのだ。

「無理だって、そんなの」

反射的に拒むと、ギロリと睨まれる。

「あんたはエレナに逆らえる立場じゃないの。断ったらどうなるのか、わかってるんでしょ」

口調は穏やかながら、妙に迫力がある。これまでにも、何人もの男子たちに無

理な命令をして、従わせたのではあるまいか。

もっとも、オナニーまでさせたかどうかは定かでない。

「自分で脱げないの？　だったら、エレナが手伝ってあげるわ」

椅子から腰を浮かせた恵令奈が、こちらへ迫ってくる。直也は「い、いいよ」と拒んだものの、彼女は強引だった。

「男でしょ？　もっと堂々としてなさい」

フルチンにさせられるのに、堂々としていられるわけがない。

男のデリケートな心情などまったく理解していない、というより、理解しようともしない美少女は、ズボンに手をかけると無理やり引きおろした。それも、中のブリーフごとまとめて。

「あああ」

情けない声をあげたときにはすでに遅く、直也は下半身すっぽんぽんにさせられていた。

「ほら、どけて」

焦って股間を隠した手も、邪険にはね除けられる。包皮を被ったペニスが、同い年の少女の前に晒された。

(うう、見られた……)

頬が熱く火照り、目にじんわりと涙が滲む。羞恥と屈辱にまみれ、その場からすぐにでも消えてなくなりたかった。

そんな少年の心情など、恵令奈は少しも慮《おもんぱか》る様子がない。その部分に顔を近づけ、遠慮も慎みもなく観察する。

「ふうん、けっこう生えてるのね」

感心したふうにつぶやく。陰毛のことだとすぐにわかった。けっこうなんて言われるほどの量ではないが、このぐらい、十五歳ならごく普通である。

(てことは、こいつはまだ生えていないのか?)

さすがにそんなことはあるまいが、少なくとも直也よりは薄いのであろう。そのせいか、彼女は面白くなさそうに唇をへの字に結んだ。

おかげで、気持ちがすっと楽になる。

(女子のほうが男子よりも発育が早いって聞いたけど、みんながみんなそうってわけじゃないんだな)

性的な好奇心は旺盛でも、からだはまだコドモなのか。そのくせ、行動はかなり大胆であった。

恵令奈は二本の指で、予告もなくペニスを摘まんだ。

「あうう」

直也はのけ反って呻き、クッションの上で裸の尻をくねらせた。勃起していたわけではないのに、腰がガクガクと震えるほどに気持ちよかったのだ。

「ふふ、敏感なのね」

嬉しそうに白い歯をこぼした恵令奈が、指を上下に動かす。快感が爆発的に高まり、直也は「ああ、ああ」と声をあげた。己の中心に何かが殺到するのを感じる。

「あ、あ、すごい。タッてきた」

はしゃいだ声が聞こえて間もなく、分身が力強く根を張り、ピンとそそり立った。包皮も翻転し、赤い亀頭を剝き出しにする。

「わ、元気ぃ。もうビンビンになっちゃった」

このはしゃぎよう。エレクトした男根を目の当たりにするのは、初めてではないのだ。

最大限に膨張した若茎を、五本の指が握り込む。どうかなってしまいそうな、むず痒さを極限まで高めた感覚が全身に行き渡り、直也は呼吸を荒ぶらせた。

（これ、気持ちよすぎる――）

自分で握るのとはまったく違う。大袈裟でなくペニスが溶けそうだ。

おまけに、恵令奈が握り手を上下に動かしたのである。

「ああ、だ、ダメ」

抗う言葉を口にしながら、このまま続けてほしいと直也は望んだ。きっと最高の悦びを得られるに違いないのだから。

すると、彼女が予想もしなかった行動に出た。屹立の真上に口許を移動させ、しばらくモゴモゴさせてから、泡立った唾液をトローッと垂らしたのである。

「ううう」

なま温かい液体が粘膜を伝っただけで、直也は腰を震わせた。さらに、いたいけな手指が唾を塗り広げるように亀頭をこすったものだから、強烈な快美感に悶絶しそうになる。

「ああ、あああ、や、やめ――」

息が荒ぶり、腰が意志とは関係なくくねる。敏感なところを直に刺激され、目の奥に火花が散った。

気持ちいいというより、くすぐったさとむず痒さが強い。それだけにじっとしていられず、下半身がガクガクと跳ね躍る。

もしかしたら、このまま射精に導かれるのだろうか。期待と不安が同時に高まったところで、無情にも手がはずされた。

「え？」

落胆の面持ちで見あげると、美少女は薄ら笑いを浮かべていた。立ちあがり、勉強机の椅子に戻る。

「さ、オナニーしなさい」

勃起させただけで、あとはセルフサービスで処理しろなんて無責任すぎる。もっとも、それは彼女もわかっていたらしい。

「ほら、エレナのパンツをオカズにしていいから」

そう言って、膝を大きく離す。太腿の付け根部分、秘められたところを隠す桃色の下着がはっきりと見えた。

（あ——）

思わず目を瞠《みは》り、視線を一点に集中させる。同い年の少女のパンチラに、心臓が壊れそうに高鳴った。

小さめの薄物は股間にかなり喰い込み、縦ジワをこしらえている。異性を昂奮させるために、自らパンティを見せつけるなんて。卑猥なシチュエーションにも、現実感を失いそうであった。

（マジかよ……）

愛らしい少女ゆえ、大胆な振る舞いが煽情的だったのは確かである。それこそ、上向きのペニスがビクンとしゃくりあげるほどに。唾液に濡れた亀頭も、いっそう紅潮してふくらんだ。

それを見て、恵令奈が嬉しそうに頬を緩ませる。

「オチ×チンが早くしてって言ってるわよ。シコシコしなさい」

その言葉に操られるみたいに、直也は反り返る分身を握った。

「むう」

太い鼻息と呻きがこぼれる。自分の指ではないみたいに快かったのは、それだけ昂っていた証だったに違いない。透明な露も、オシッコの穴から今にもこぼれそうになっていた。

直也は坐り直し、膝を離した正座の姿勢で強ばりをしごいた。こちらを見据える美少女に、服従するような心持ちになっていたためもあったろう。

（うう、気持ちいい……）

からだの中で、快感が火花みたいにパッパッと散る。そのたびに、からだのあちこちが感電したみたいにわななくのだ。

中学生になってから覚えたオナニーは、もう数え切れないほどしている。昨晩もかなりよかったのであるが、今はそれ以上に快感が著しい。

「むふぅ」

抑えようとしても、太い鼻息がみっともなくこぼれる。昂りがあからさまで恥ずかしかったものの、どうすることもできなかった。

「キモチいいの?」

下着を見せつける美少女の問いかけにも、直也は「うん」とうなずくのみ。

「みたいね。そんな顔をしてるもの」

あるいはうっとりした表情をしていたのだろうか。情けないと思いつつも、手が止まらない。

恵令奈が垂らした唾液にカウパー腺液が混じり、亀頭をこする指がヌルヌルとすべる。それが痺れるような快美感をもたらし、股間全体が気怠くなった。

(あ、いく――)

オルガスムスの波が、下半身から全身に広がる。最後の瞬間が近づいていた。

後始末のことを考えると、このままほとばしらせていいのかと、ためらわずにいられない。だが、彼女は精液を出すよう命じたのだ。それがどんなものかも、もちろんわかっていて。

だったらかまうまいと、いっそう硬くなったイチモツを摩擦する。亀頭にかぶさっては剝ける包皮に巻き込まれて、先汁がグチュグチュと泡立った。

「あん、いやらしい」

つぶやくように言った恵令奈が、椅子の上でヒップをくねらせる。かすかな軋みも聞こえ、直也は悩ましさを募らせた。

(ひょっとして、僕のオナニーに昂奮しているのか?)

だとすると、アソコが濡れているのだろうか。

さっきよりも喰い込んで、その部分の形状を浮かび上がらせるクロッチに、じっと目を凝らす。明らかな濡れジミは見つけられなかったが、少女の疼《うず》きが伝わってくる気がした。

薄布を射貫くような視線に、彼女も落ち着きをなくしているようだ。

「そんなに見ないでよ、バカ」

自分から晒しておいて、理不尽なことを言う。けれど、唐突にせり上がってきた波に、直也は反論することができなかった。

「あ、あっ」

焦った声に、恵令奈も何が起こっているのか察したらしい。

「え、出そうなの？」

「うう……た、たぶん」

「出して。出るとこ見せて」

「あ、あああ、い、いく」

百メートルを全力疾走したあとみたいに、呼吸が荒ぶる。頭の芯がキュウッと絞られる感じがしたあと、ペニスの中心を熱いものが貫いた。目のくらむ悦びを伴って。

「くはッ」

喘ぎの固まりと共に、白い液体が勢いよくほとばしる。それは放物線を描き、恵令奈の足元に落下した。

さらに二回目、三回目が、ビクンビクンとしゃくりあげる若茎から、続けざまに放たれる。

「あ、すごい。いっぱい出てる」

はしゃいだ声が、やけに遠くから聞こえる。直也は荒ぶる呼吸を持て余しつつ、強烈な快感にどっぷりと身をひたした。

「どうだった?」

問いかけられ、虚脱状態から我に返る。

「え?」

顔をあげると、恵令奈が愉しげに目を細めている。途端に、頬がカッと熱くなった。

「ど、どうって?」

「精液が出るとき、すごくキモチよかったんじゃない?」

事実だったから、直也は「うん」と認めた。

「でしょうね。すごくうっとりした顔だったもの」

言ってから、机の上にあったティッシュのボックスを、こちらに投げて寄越す。

「ほら、後始末して。ナツ姉にバレないように、ちゃんとキレイにするのよ」

やはりここは、小夏と一緒の部屋なのだ。

直也は気怠さにまみれた腰をのろのろと浮かせ、抜き取った薄紙でまずは自身の指を清めた。最後の飛ばずに滴ったぶんが、べっとりとまといついていたのだ。

ペニスに付着したヌメリと、床に飛び散ったザーメンも拭い終える。丸めたティッシュを部屋にあったゴミ箱に捨てようとしたところで、

「ちょっと、やめてよ」

恵令奈が顔をしかめて注意した。

「え、どうして？」

「そのゴミ箱、買ったばかりなのよ。そんなものを捨てたらゴミ箱だけじゃなくて、部屋の中もイカくさくなっちゃうわ」

だったらどうすればいいのか。直也が困惑していると、彼女は机の引き出しからビニール袋を取り出した。

「ここに入れてちょうだい。あんたが出した精液なんだから、持ち帰ってちゃんと処分するのよ」

射精するよう命じたのは恵令奈なのである。

（なんて身勝手なんだ）

もはやあきれるのを通り越し、諦めるより他ない。直也はやれやれと嘆息しつつ、ビニール袋にティッシュのゴミを入れた。

「あんたも気をつけたほうがいいわよ。精液のついたティッシュをゴミ箱に入

れっぱなしにしておいたら、オナニーしてるってママに一発でバレちゃうから」

そこまで知っているということは、過去に経験があるのだろうか。

もちろん、恵令奈が射精するはずがない。前にもこんなふうに男の子を脅して、オナニーをさせたのではないか。そのときに証拠品のティッシュをゴミ箱に入れてしまい、あとで母親に怪しまれたのだとか。

(小夏さんといっしょの部屋なのも、ひとりだけにしたら悪さをするんじゃないかって、警戒されてるからじゃないのか?)

ワガママな末っ子は、ひとり部屋がいいと駄々をこねそうだ。そうしなかったのは、教育的な配慮に違いない。

外面はよくても、家族はかなり苦労させられているのだろう。そんなふうに彼女を貶めることで、直也は少し溜飲が下げられた。

4

「そこに寝なさい」

またも唐突に命令され、直也は「え?」となった。

「寝るって、床に?」

「そうよ。自分ばっかり気持ちよくなって、それで終わりだなんて甘いわよ」

厳しい口調で言い放った恵令奈に、我知らず顔をしかめる。恥ずかしい映像を盾に脅されていたのを思い出したのだ。

(まだ何かさせるつもりなのか?)

とりあえずブリーフだけでも穿こうと、さっき脱がされたものに手をのばしかけたものの、

「そのままの格好でいなさい」

冷たく言われてしまった。

オナニーや射精まで見られたあとなのだ。すでに羞恥心は薄らいでいたものの、下だけ裸というのはみっともない。いっそ全部脱いだほうがマシかもしれなかった。

とは言え、自分から全裸になったら、露出狂なのかと嘲られるのは目に見えている。直也はどうにでもなれという心持ちで、フローリングの床に横たわった。クッションを枕にして。

恵令奈が椅子から立ちあがる。仰向けになった少年の脇に立ち、予告もなく胸

を跨いだ。

しかも、おしりを向けて。

(あ——)

直也は思わず声をあげそうになった。この体勢では、ミニスカートを真下から覗くことになる。当然ながら桃色のパンティがまる見えだ。

ひょっとして、また性懲りもなく下着を見せつけるつもりなのか。エロチックな光景から目を離せぬまま、そんなことをぼんやりと考えていたら、彼女がいきなりしゃがんだ。

「わっ」

今度は抑えようもなく、声が出てしまう。薄物に包まれた美少女ヒップが、落下するみたいに迫ってきたのだ。

それは途中で止まることなく、直也の顔面を直撃した。クッションを枕にしていなかったら、頭が潰れたであろう勢いで。

「むぷッ」

柔らかな重みをまともに受け止め、直也は反射的に抗った。顔に跨がられるという屈辱を味わわされたばかりか、口許を塞がれて息ができなくなったのだ。

次の瞬間、悩ましいフレグランスが嗅覚を刺激し、全身がフリーズする。

鼻から口にかけて密着するのは、恵令奈の股間である。恥ずかしいところの匂いを、まともに嗅がされているのだ。

（ああ、何だこれ……）

それはミルクを極限まで煮詰めたふうな乳酪臭だった。さらにケモノっぽい蒸れた汗くささや、オシッコの残り香も含まれている。

お世辞にもいい匂いとは言えないのに、なぜだか惹かれる。直也はこもるものを深々と吸い込んだ。

（これが女の子の、アソコの匂いなのか――）

下着越しとは言え、鼻面が性器にめり込んでいる。直に嗅いでいるのも同然だ。

昨夜から穿いているパンティだとしたら、染み込んだ分泌物が熟成されたものかもしれない。そんな想像をするほどに、媚香は濃密で強烈だった。

それゆえ、思春期の少年を翻弄する。

ヒクン――。

萎えて縮こまった分身に、新たな欲望が流れ込む気配がある。まだ十五歳なのに、自らの恥ずかしい臭気に男を翻弄する威力があると、彼女は自覚しているのか。

「今度はエレナが気持ちよくなる番よ」

美少女があどけないヒップを前後に振る。陰部を少年の鼻梁にこすりつけるようにして。

「あ……あン」

同い年とは信じ難い、色っぽい喘ぎ声。直也は軽い目眩《めまい》を覚えた。

（なんでそんなエロい声を出すんだよ）

彼女は秘部を刺激し、感じているようだ。

これだけ早熟なのである。オナニーが習慣になっていてもおかしくない。だからこそ、こうして積極的に快感を求めているのではないか。

昨晩の、涼花の自愛場面が脳裏に蘇る。男と同じで、性器をこするのが快いらしい。

しかしながら、女性のその部分がどんな構造で、どこをどうすると感じるのかまでは不明だ。中学校を卒業したばかりの少年には、変わらず未知の世界であった。

どうせなら下着を脱いで、アソコを見せてくれればいいのに。こっちはすべてを脱いで、射精までしたのだから。

そんなことを考えつつ、甘美な折檻にうっとりしていると、

「ねえ、あんたも昂奮してるんでしょ？」

息をはずませての問いかけに、直也はドキッとした。

恵令奈は自身の悦びを求めるだけでなく、同い年の少年を昂らせるために、こんなハレンチなことをしているのか。しかしながら、口許を塞がれていては答えられない。無視して黙っていると、

「エレナのオマ×コ、いい匂いがするから」

含み笑いの声で、露骨な発言をした。

男なら誰もが振り返るような美少女が、禁断の四文字を平然と口にしたのである。その衝撃は、パンティを見せつけられたとき以上であった。

（こいつ、いったい何なんだよ）

小生意気でワガママなだけではない。それこそ得体の知れない生き物というか、自分とは丸っきり違う世界で生きている気がした。

（やっぱり、もう経験しているのかも）

男を知らなければ、ここまでの大胆な言動はできまい。性の深淵に足を踏み入

れ、快楽の何たるかを知り尽くしているからこそ、自身の恥ずかしい匂いも平気で嗅がせられるのだ。

そのとき、顔に重みをかけていたヒップが少し浮きあがる。

「むはッ」

直也が息の固まりを吐き出したのは、呼吸が楽になったせいばかりではない。下半身を快い衝撃が襲ったのだ。

「ほら、オチ×チンがふくらんでるじゃない。オマ×コをクンクンして昂奮したんでしょ」

敏感な器官を揉まれ、腰の裏がムズムズする。美少女のいたいけな指がそうしているのだと、見なくてもわかった。

「ちょっと、や、やめ──」

腰をよじって逃れようとすると、また顔面をぷりっとしたお肉で潰される。再び鼻奥にまで流れ込んだ淫香に、直也は瞬時に陶酔の心地となった。

(ああ、こんなのって……)

自分のものではない手でペニスをいじられるのは、なんて気持ちがいいのだろう。しかも施しを与えてくれるのは、同い年の美少女だ。おまけに彼女のおしりと密着し、秘められた匂いまで嗅いでいるのである。

まだ十五歳なのに、こんないやらしい経験をしていいのだろうか。先生や友人たちに信頼される、真面目な少年だったはずの自分が、抗いようもなく堕落していくのを感じる。

そのくせ、さほど悪い気がしない。最高の悦びを与えられることで、優等生でいるのなんてくだらないとすら思えた。それだけ彼女との行為が、すべてを捨て去れるほどに気持ちよかったのである。

しごかれる筒肉が、ぐんと伸びあがる。見えなくても、猛々しい反応を示すのがわかった。

「あ、あ、すごい」

恵令奈も驚嘆の声をあげ、絡めた指を動かし続ける。快感の高まりと呼応して、直也は再び勃起した。

「こんなに硬くなっちゃった」

握り手をゆるゆると上下させ、少女があどけないヒップを悩ましげに揺らす。

鼻先がめり込んだところが、いつの間にか温かく湿っていることに直也は気がついた。

オシッコをちびったわけでないのは、すぐにわかった。アンモニア臭は感じられず、なまめかしいチーズくささが強まったからだ。

(恵令奈ちゃん、濡れてるんだ)

欲情の証を捉えたことで、不思議と親しみが湧く。自分と同じなのだという意識が働いたのだろうか。

彼女は屹立をしごき続ける。さっきは唾液を垂らし、亀頭をこすっただけで終わったのに。

普段のオナニーと同じ愛撫で、直也は狂おしい喜悦を与えられた。自分でさわるより何十倍も快い。

そのとき、新たな疑念が浮かぶ。

(恵令奈ちゃん、他の誰かにも同じことをしてあげたんだろうか)

さっきも迷いなく、牡の性器に触れたのである。初めてだったら、とてもそこまではできまい。以前にもしたことがあると考えるのが自然だ。

納得はできても、認めたくなかった。恵令奈が別の男のモノをしごく場面が浮かんだだけで、直也の胸はチリチリと焦がれた。

(どうしちゃったんだ、僕は……)

身勝手で傲慢な美少女に、反感を抱いていたはずなのに。快感を与えられたことで手なずけられたとでもいうのか。

いや、いっそ彼女に恋をしたのかもしれない。

「ほら、自分ばっかりオチ×チンをギンギンにしてないで、エレナのことも気持ちよくしてよ」

クレームをつけた恵令奈が、腰を前後に振り出す。恥芯を鼻にこすりつけて、「くぅン」と子犬みたいに啼いた。

気持ちよくしてと言われても、この体勢では何もできない。彼女が自分で動くしかないのである。

それでも、ここはお返しをすべきだと悟る。直也は顔を左右に振り、鼻面で陰部を抉るようにした。

「あ、ああっ、そ、それいいッ」

強い刺激が悦びを高めたらしい。恵令奈のよがり声がひときわ大きくなる。

ならばと、直也は頭をもたげて、いっそう鼻をめり込ませた。

じゅわ——。

温かなものが溢れる感触がある。クロッチの湿り具合が著しくなった。

（どんどん濡れてくるみたいだぞ）

なんていやらしいのかと思いつつ、もっと感じさせたくなる。このまま続けたらどうなるのかと興味も湧いた。

男なら最終的に射精して終わる。だが、女性の場合はどうなのか。昨夜、涼花のオナニーを覗いたものの、最後の瞬間を見逃したのである。

（ひょっとして女の子も、ここから何か出るのかな？）

それとも、ただ濡れるだけで終わるのか。期待と探究心を高め、鼻で湿地帯を圧迫し続けていると、分身を強く握られた。

「あ、ダメ……イキそう」

恵令奈が歓喜の極みに至るのを察したと同時に、自身も狂おしい愉悦にまみれる。

「むううう」

熱い鼻息をこぼし、半裸のボディをガクガクと暴れさせる。それにより、陰部への刺激が強まったようだ。

「あ、イク、イッちゃう」

声のトーンが高くなり、柔らかな内腿が顔の上でギュッと閉じる。次の瞬間、直也は二度目の頂上を迎えた。

「むふっ、むふふふふぅ」

パンティの股布にせわしなく息を吹きかけ、ザーメンをほとばしらせる。

「イヤイヤ、イクぅ」

恵令奈は嬌声を張りあげながらも、無意識にか強ばりをしごき続ける。おかげで、直也は蕩けるような快感の中、最後の一滴まで気持ちよく射精した。

「うーーあ……はふぅ」

息づかいを荒くする美少女が脱力し、まともに体重をかけてくる。だが、オルガスムスの気怠い余韻にひたる直也は、少しも苦しくなかった。それどころか、濡れたクロッチが放つ淫靡な香りに陶然となる。

（恵令奈ちゃんも、僕と同じように気持ちよくなったんだ……）

ふたり同時に最高の瞬間を迎えたことで、彼女と共犯になった心地がする。イケナイことをしたとわかっているのに、不思議と罪悪感はなかった。

「キモチよかった……直也も、またいっぱい出したのね」

気怠げな声が耳に心地よい。直也は返事をする代わりに、美少女の陰部に熱い吐息を吹きかけた。

第二章　スポーツ少女の汗

1

目の前でオナニーをしてみせたばかりか、柔らかな手指で射精に導かれたのである。そのことをネタに脅されるまでもなく、直也はもはや、恵令奈に従うのが当たり前という心境になっていた。

だからこそ、次の日も彼女に呼び出され、素直に応じたのである。またいやらしいことができるのだという期待を胸に。

「さ、入って」

お昼過ぎに呼び鈴を鳴らすと、恵令奈がドアを開け、招き入れてくれた。

昨日とは違うものだったが、今日も彼女はミニスカートだ。白い脚がやけに眩しく、年齢のわりに色っぽい。

「お邪魔します」

玄関を上がると、そのまま二階へ。他の家族がいる気配はなかった。

だからこそ、隣家の少年を招いたのだろう。

(てことは、やっぱり今日も——)

イケナイ戯れが、さらにエスカレートするのではないか。直也は胸の高鳴りを抑えきれず、息苦しさを覚えた。

(もしかしたら、セックスが経験できるのかも)

淫らな予感がふくれあがる。

そのため、先に階段を上がる美少女のスカートの中を、堂々と見あげたのである。昨日は顔面騎乗までされたのであり、今さら遠慮する必要はあるまいと。

今日のパンティは、淡い水色だった。驚いたことに、後ろの部分がシースルーになっており、おしりの割れ目が透けている。

(こんなエロいパンツを穿いてるのか!)

これから高校生になる末娘が、セクシーすぎる下着を身に着けていることを、両親は知っているのだろうか。洗濯をして干せば、普通にバレると思うのだが。

それとも、このぐらいは今どき普通なのか。

煽情的な眺めにペニスがふくらむ。直也は腰を引いたみっともない格好で階段を上がった。

「ふふ」

振り返った恵令奈が、目を細めて笑みをこぼす。パンチラを覗かれたとわかっているのだ。というより、ほとんど見せつけたに等しい。

(可愛いのに、エロすぎるよ)

手玉に取られているようでありながら、少しも悪い気がしない。

「さ、入って」

昨日と同じく、恵令奈と小夏の部屋に通される。またふたりっきりなのだと思い込んでいた直也は、そこにいた人物に目が点になった。

「あら、いらっしゃい」

二段ベッドの下の段に寝転がり、屈託のない笑顔を見せたのは、次女の小夏だ。

短パンにタンクトップという、かなりラフな装い。あるいは運動をしたあとなのか、額に汗が光っていた。

「あ――お、おじゃまします」

直也はしゃちほこ張って挨拶をした。まさか他の姉妹がいるなんて、思いもしなかったのだ。

(てことは、今日はああいうことはしないのか……)

期待していたような戯れは無理らしい。当然、初体験もおあずけだ。

直也はがっかりしたものの、顔には出さないよう気をつけた。

「ナツ姉、シャワーを浴びたら? 汗くさいんだけど」

恵令奈が眉をひそめる。ところが、次女は少しも自覚がないようで、

「え、そう?」

腕を鼻先に寄せて嗅ぎ、首をかしげた。自分の匂いはわからないらしい。

「直也クン、あたしくさい?」

直球の質問に、直也はどぎまぎした。

「いえ、そんなことはないと思いますけど」

たしかに部屋へ入ったときから、ほんのり酸っぱみのある匂いを嗅いでいた。

けれど、くさいなんて思わない。むしろ女の子らしいかぐわしさが好ましく、鼻を蠢《うごめ》かせていたのである。

小夏はからだつきがむちむちしている。運動をしたあとというばかりでなく、体型のせいで汗をかきやすいのかもしれない。

「離れてるからわからないのよ。もっと近くで嗅いでみたら?」

恵令奈に言われて、直也は動揺した。小夏の汗の匂いを、できれば間近で嗅ぎたかったから、邪《よこしま》な内心を見透かされたのかと焦ったのだ。

マニアっぽい願望を抱いたのは、同い年の美少女に顔面騎乗をされ、下着越しとは言え性器の生々しい臭気を嗅がされた影響であったろう。あれにはかなり昂奮させられた。

しかも、同時にペニスをしごかれ、イカされたのである。まさにトラウマ級の体験であり、変態的な趣味を植えつけられたのも当然と言える。

(だからって、小夏さんが匂いを嗅がせるはずがないじゃないか)

スポーツ好きでノリがよさそうながら、年頃らしく恥じらいがあるはず。そこまで開けっ広げだとは思えなかった。

ところが、そんな予想がくつがえされる。

「直也クン、こっちに来て」

「え、あの——」

「実は、あたしもちょっと気になってたんだ。ホントに汗くさいかどうか、直也クンが確かめてみて」

真面目な口振りでお願いされては、嫌とは言えない。もちろん、拒むつもりなどなかったが。

（いいのかな？）

わずかなためらいも、欲望に打ち消される。

直也ははずむ胸の内を悟られぬよう、しかめっ面で二段ベッドに歩み寄った。

すると、小夏が組んだ両手を頭の下にする。寝転がったまま、グラビアアイドルがバストを強調するみたいなポーズで、腋の下をあらわにした。

（え？）

心臓が大きな音を立てる。色黒の彼女の肌が、そこだけナマ白かったのだ。

肉づきのいい体型ゆえか、腋の窪みは浅い。そこには霧を吹いたみたいに細かな水滴があった。さらに、ポツポツと剃り跡も。

腋毛なら直也も生えている。小夏は二学年上であり、生えていてもおかしくない。また、女の子だから、処理するのも当たり前なのだろう。

にもかかわらず、その痕跡は妙にいやらしく映った。とんでもない秘密を目の当たりにした気にもさせられる。

おまけに、信じ難いことを求められたのである。

「あたしのワキをクンクンしてみて」

汗くさいかどうかを気にしながら、どうして汗をかきやすいところを嗅がせるのか理解に苦しむ。そこが大丈夫なら、他は問題ないという解釈なのか。

とは言え、どうせ嗅ぐのなら、よりあからさまなところがいいに決まっている。スポーツ少女の腋窩《えきか》がどんな匂いなのかを知る機会なんて、二度とあるまい。頼まれてするのだから遠慮は無用である。

「あの、失礼します」

胸の高鳴りを悟られぬよう、年下らしく謙虚に振る舞う。直也は身を屈め、ナマ白い窪みに顔を近づけた。

(ああ……)

溢れそうになった感嘆の声を、どうにか抑える。鼻にツンとくる酸味臭を予想していたのに、ミルクを濃くしたような甘ったるい匂いだったのである。

「やん」

小夏がやけに色っぽい声を洩らす。年下の少年に腋を嗅がれて、さすがに恥ず

かしいのか。それでも、

「くさくない？」

と、ストレートに訊ねた。

「いいえ、ちっとも。どっちかっていうと、甘い匂いがします」

正直に答えると、彼女は「ほら」と勝ち誇ったふうに言った。

「直也クンはくさくないって言ってるわよ」

それは恵令奈に向けられた言葉であった。

「そりゃ、本人に向かってくさいなんて言えないでしょ」

三女の反論に、次女がしかめっ面をこしらえる。

「だったら、恵令奈が嗅いでみなさいよ」

「やーよ。それより、他のところも嗅がせてあげれば？」

「え、他のところ？」

「おマタとか」

これに、小夏はさすがに目を丸くした。

「どうしてそんなところを嗅がせなくちゃいけないのよ？」

「おマタがくさくなければ、どこもくさくないってことじゃない」

恵令奈の発言に、小夏がなるほどという顔を見せる。つまり、股間が最も匂うという自覚があるのか。

(いや、さすがにそこまではさせないよな)

恵令奈は自ら顔面騎乗をし、直也に秘臭を嗅がせた。少年の昂りを煽るとわかった上でそうしたのだ。

だけど小夏はと胸の内でかぶりを振ったとき、彼女が頭の下で組んでいた手をほどく。両脚を曲げて掲げると、膝の裏に腕を差し入れ、ぐいと抱え込んだ。

(え!?)

直也は思わず後ずさった。女らしいむっちり体型の年上少女が、おしめを替えられる赤ん坊と同じポーズをとったのである。

肉感的な太腿に挟まれて、ショートパンツが股間に喰い込んでいる。縦ジワがやけに生々しく、女性器そのものが浮かび上がっているのではないかと思えた。実物のそこは見たことがないけれど。

「さ、どうぞ」

小夏に促され、直也は狼狽した。

(本当にアソコを嗅げっていうのか?)

大胆すぎる振る舞いに驚きつつも、直也は恵令奈のパンティに染み込んだかぐわしさを思い出した。

姉妹だから、アソコの匂いも似ているのかもしれない。いや、小夏は高校三年生になるのだし、妹ほどオシッコくさくないのではないか。

そんなことを考えるあいだに、ブリーフの中のペニスがムクムクと膨張する。

「それじゃダメよ」

背後から恵令奈の声がして、ドキッとする。

「え、何が？」

小夏が眉をひそめた。せっかくこんな格好までしたのに、水を差すなと言いたげに。

「ショーパンを穿いてたら、くさいかどうかよくわからないじゃない。ちゃんと脱がなくちゃ」

「えー」

不満げな声をあげながらも、体育会系の女子高生がボトムに手をかける。仰向けで両脚を掲げたポーズのまま、おしりのほうからショートパンツを剝きおろした。

それがあまりに自然な行動だったものだから、直也は目を逸らさずじっとしていた。何が起こったのかをようやく理解したのは、灰色のパンティがあらわになったあとである。

「え、あ――」

今さらのように焦り、うろたえたものの、小夏は平然とこちらを見あげている。

「いいわよ。嗅いでちょうだい」

おまけに脚を大きく開き、布が二重になったクロッチ部分をあらわにしたのだ。

彼女が穿いていたのは、ウエストの幅広ゴムにメーカーのロゴが入った、いかにもスポーツ少女が好みそうなインナーだ。恵令奈のパンティのほうが、ずっとセクシーである。

それでも、ここまで大胆に見せつけられれば、昂りがこみあげる。

（いいのかな……）

ためらいながらも、直也は身を屈めた。年上少女の中心へと、顔を接近させる。

そこには乾燥した糊みたいな、白っぽい付着物があった。外側に染みだした分泌物が乾いた跡らしい。かなり愛用している下着のようで、細かな毛玉も見える。

「もっと近くでクンクンしていいわよ」

小夏に言われ、直也は無言でうなずいた。鼻の頭が触れそうなところまで、頭を下げる。

ふわり――。

熱気を含んだ秘臭がたち昇る。

(ああ、これが……)

直也の胸に感動が広がった。

ぬるいかぐわしさは、わりあいにくっきりしたチーズの匂いだ。以前、父親がお土産でもらってきた、海外のものに似ている。普段食べているものよりクセが強くて、直也は好きになれなかった。

なのに、今は平気である。むしろずっと嗅いでいたかった。

「ねえ、くさい?」

小夏の問いかけに、直也は迷わず首を横に振った。

「いいえ、全然。すごくいい匂いです」

この返答に、彼女はいたく満足したらしかった。

「ほらね」

誇らしげな声が、妹に向けられる。すると、大袈裟なため息が聞こえた。

「バカじゃないの？　オマ×コの匂いに昂奮してるだけじゃない」

恵令奈に指摘され、ドキッとする。図星だったためもあった。

「え、そうなの？」

小夏が頭をもたげる。興味津々というふうに目を見開かれ、直也は焦った。

「あ、いや――」

後ずさりをしかけたところで、背後から抱きつかれる。恵令奈だった。

「あああっ」

たまらず声をあげてしまう。ズボンの前を突っ張らせていたペニスを、思いっきり摑まれたのである。

「ほら、チ×チンがカチカチだもん」

得意げに言われ、頰がカッと熱くなる。昨日は直に握られたけれど、そのとき以上に居たたまれないのは、この場にもうひとりいるからだ。

（小夏さんが見てるのに……）

姉の前で、どうしてこんなことができるのだろう。ふたりが昨日、いやらしいことをしたのがバレるではないか。

「え、ホントに？」

興味津々の顔つきで小夏がとび起きたものだから、直也は啞然となった。しかも彼女は妹の手を払いのけ、牡の高まりをためらうことなく摑んだのである。

「むはッ」

異なる手の感触に、喘ぎの固まりが喉から飛び出す。握り方は、むしろ小夏のほうが大胆だった。

「あはっ、ホントだ。こんなにタッてる」

嬉しそうに目を細め、ニギニギと強弱をつける。悦びが高まり、直也はたまらず身をよじった。

「だ、ダメです。こんなの——」

抗っても、手ははずされなかった。

「あたしのオマ×コの匂いでこんなになったんでしょ？　だったら、あたしにさわる権利があるわ」

露骨なことを言われ、抵抗する気力が失せる。

女性器を表す四文字は、ひと前では決して口にしてはいけないと思っていた。案外女性にはタブーではないのだろうか。自分のからだの一部なのだから。

ともあれ、昨日も恵令奈に恥ずかしい行為を命じられたのだ。そして、今日は彼女の姉。もう、どうにでもなれという心境だった。

一方で、気持ちよくなりたかったのも事実である。そのため、ズボンとブリーフをおろされるなり、反り返った分身が期待の脈打ちを示した。

「わっ、すごい」

小夏が目を丸くする。恵令奈に見られたときは、恥ずかしくて居たたまれないだけだったのに、今はなぜだか誇らしい。年上の少女の驚愕の眼差しが、そんな心境にさせたようだ。

「オチ×チンって、ボッキするとこんなふうになるんだね」

なるほどという顔でうなずかれ、ちょっとだけ恥ずかしくなる。

（小夏さんは、見るのは初めてみたいだぞ）

ということはバージンなのだ。高校三年生と大人の一歩手前ながら、運動ばかりして男と付き合ってこなかったのではないか。

だとすれば、どうしてこんなことができるのだろう。女の子というのは、男が思っている以上に大胆で、羞恥心が薄いというのか。

「くはぁ」

直也は喘ぎ、膝をガクガクと揺らした。小夏がペニスを直に握ったのだ。恵令奈とは手の感触が異なっているようながら、気持ちいいことに変わりはない。

「わ、かったーい」

スポーツ少女は愉快そうに声をはずませ、乱暴に強ばりをしごいた。

「いたたた」

亀頭を強くこすられ、直也は悲鳴をあげた。

「え、こうすると気持ちいいんじゃないの?」

きょとんとした顔をされても、どう説明すればいいのかわからない。涙目で
唸っていると、恵令奈が助け船を出してくれた。

「こいつはドーテーだし、オチ×チンはまだ敏感なの。もっと優しくしてあげなくちゃダメでしょ」

これに、小夏がなるほどというふうにうなずく。けれど、すぐに眉をひそめた。

「どうして恵令奈がそんなこと知ってるのよ?」

「だって、エレナはこれをシコシコして、射精させてあげたんだもん」

末っ子の悪びれもしない告白に、さすがに次女もあきれたようだ。

「あんたたち、いつの間にそんな関係になったの?」

直也は戸惑った。ふたりがかりでオモチャにされたから、昨日ことは小夏も

知っているとと思ったのだ。

もっとも、彼女には妹を咎める気などなさそうだ。そもそも姉らしく叱るのなら、自分は手を出すまい。

小夏はペニスを握り直すと、遠慮がちにしごいた。

「あ、あ、こ、小夏さん」

今度はムズムズする悦びを与えられ、坐り込みそうになる。直也は息をはずませ、膝を揺らした。

「ふふ、感じてるの?」

年上の少女が、嬉しそうに口許を緩めた。

2

昨日と同じく、直也は下半身のみ脱いだみっともない格好で、フローリングの床に仰向けで寝そべった。小夏が貸してくれた枕を頭の下に入れて。

「すごいね。ほら、こんなに血管が浮いてる」

脇に膝をついた小夏が、下腹にへばりついた牡茎を観察する。そんなふうに報告されるのは居たたまれなくて、尻がムズムズした。

「恵令奈は直也クンの精液を見たのね？」

姉の質問に、恵令奈は「もちろん」とうなずいた。

「それにこいつ、自分でもシコシコして射精したわ」

自らオナニーを披露したように言われて、直也は不満だった。

（それじゃ露出狂みたいじゃないか）

さりとて、何をされたのかすべて暴露するのもためらわれる。涼花のオナニーを覗いたことまで、小夏に知られるかもしれない。

「じゃあ、あたしにもオナニーを見せてよ」

小夏の要請に、直也は顔をしかめた。ふたりの前でするなんて、まるっきり見世物だ。屈辱的だし、それこそオモチャかモルモットにされるにも等しい。

さりとて、拒めるような状況ではない。どうすればいいのかと困っていると、意外にも恵令奈が助け船を出してくれた。

「それは無理なんじゃない？」

末っ子の進言に、次女がむくれた顔を見せる。

「どうしてよ？」

「だってオカズがないもの。エレナは直也に、ちゃんとパンツを見せてあげたけど」

これに、小夏は不満を隠さなかった。

「あたしだってパンツを見せてるじゃない」

「そんな色気のないパンツじゃ、シコシコする気になれないわよ。このぐらい女っぽいヤツじゃないと」

恵令奈がミニスカートをパッとめくりあげる。水色のセクシーなインナーが、一瞬だけあらわになった。

「またそんなエロいのを穿いて」

眉根を寄せた小夏であったが、名案でも浮かんだのか、両手をパチンと合わせた。

「だったら、もっとエロいのを見せてあげればいいわけね」

彼女は腰を浮かせると、灰色のスポーティな下着に両手をかけた。ためらいもせず、おしりからつるりと剝きおろす。

（え——）

直也は思わず頭をもたげた。年上の少女が、下半身すっぽんぽんになったのである。どうして見過ごせようか。

その反応に、小夏は頬を緩めた。

「ねえ、オマ×コ見たことあるの？」

ストレートすぎる問いかけに、軽い目眩を覚える。直也は焦り気味に、首を横に振った。

「だったら、見ればオナニーしたくなるよね」

決めつけて立ちあがり、小夏が直也の頭を跨ぐ。昨日、恵令奈がしたのと同じように、少年の足のほうを向いて。

彼女はそのまま膝を折り、ゆっくりとしゃがんだのである。

「ああ」

たまらず声が溢れる。見たいと願っていたものが、目の前に接近しているのだ。

やはり小夏は地黒ではなく、日焼けしているのだとわかる。なぜなら、もっちりして重たげなおしりが、真っ白だったからだ。

ただ、秘められた部分の近辺は、肌の色がくすんでいる。そこには短い縮れ毛が、ポワポワとまばらに生えていた。

（これが女性のアソコなのか）

密かに想像していたような割れ目ではなく、ほころんで何かがはみ出している。ビラビラしたそれは、お寿司屋さんで見た貝の肉に似ていた。いかにも未知の物体という形状である。

なのに、こんなにもいやらしい気分になるのはなぜだろう。

「ほら、見えてる？」

中腰の姿勢で、小夏が両手で臀部を摑む。たっぷりしたお肉を、左右にむにゅっと開いた。

それにより、ほころびが大きくなる。はみ出していたものが左右に分かれ、狭間にヌメヌメしたピンク色のものが見えた。

まだ十五歳の少年には生々しすぎる眺め。それこそ内臓のようでもある。

そのためか、直也の視線は性器ではなく、ちんまりしたアヌスに向けられた。そっちのほうが可愛らしく映ったのである。

（女の子にも肛門があるんだな）

小夏もそこから、むりむりと太いウンチをひり出すのだろうか。そんな場面を想像したら、可憐な佇まいとのギャップでめちゃくちゃ昂奮した。もちろん、今の状態で排泄されようものなら、昂奮どころの騒ぎではないが。

(って、何を考えているんだよ?)

我ながら変態じみていると、直也はあきれた。優等生だったはずなのに、お隣の姉妹たちにどんどん毒されている気がする。

「ナツ姉ってば、恥ずかしくないの?」

恵令奈が偉そうになじる。声に苛立ちが感じられたから、秘園を惜しげもなく晒した姉に、先を越された気になっているのではないか。

けれど、小夏は妹の言葉など無視して、ほとんど顔に密着しそうなところまでヒップをおろした。

むん——。

熱気を含んだ秘臭がこぼれ落ちてくる。パンティ越しに嗅いだものよりくっきりしたエッジがあり、鼻にツンとくる酸味を含んでいた。

あられもないパフュームに、劣情がぐんぐん高まる。そのせいか、グロテスクに映った女性器が、初見ほど気にならなくなった。

むしろ、いやらしいものという印象が強まる。

(僕、女子のアソコを見てるんだ)

しかも、顔にくっつきそうな至近距離で。こんなことを体験した同世代の男子は、どれほどいるのだろう。高校入学を控えて、ひと足先に大人になった気分だ。

「直也クン、オマ×コすっごく見てるでしょ」

小夏がからかうように言う。視線を感じているみたいに、ほころんだ割れ目がキュッと収縮した。

そのとき、磯の生物みたいにヌメった粘膜の中に、小さな洞窟が見えた。

(これって膣？)

セックスのとき、ペニスを挿れる穴。そこから赤ちゃんも産まれてくると、性教育で教わった。

しかし、指だって入らなそうに狭い感じだ。それとも、性交や出産のときには、のびるようにできているのだろうか。

ただ、ペニスを挿入したらヌルヌルとこすられて、かなり気持ちよさそうである。狭いからキツく締めつけられ、すぐに精液が出るかもしれない。

そんなことを考えたら、これまでになくエロい気分になってきた。発情期のケモノみたいに、牝穴に分身をぶち込みたくてたまらなくなる。

「わ、オチ×チンがすごくふくらんでる」

小夏が驚きの声をあげる。その部分が下腹から浮きあがり、脈打っているのは直也にもわかった。

（小夏さんも、セックスしたくなってるんじゃないだろうか）

目の前の女芯が、いっそう潤ってきたかに見える。火照って熱を帯びたためか、なまめかしい匂いも強まった。

しかし、さすがにこの状況で初体験に及ぶことはなかった。

「ほら、オナニーするとこ見せて」

当然の権利だと言わんばかりに、小夏が命じる。直也は仕方なく、勃起を右手で握った。

「あうう」

昂奮が著しかったため、目がくらむほどに感じる。腰が意志とは関係なく、ぎくしゃくとはずんだ。

（うわ、やばいかも）

ちょっとでもしごいたら爆発しそうで、直也は分身を強く握りしめた。こんなに早くイッてしまったら、さすがにみっともないと思ったのだ。

「ちょっと、オマ×コに息をかけないで」

目の前のヒップが抗うようにくねる。荒くなった息づかいが、敏感なところに吹きかかったようだ。

そのとき、バランスを崩した小夏が、「キャッ」と悲鳴をあげて坐り込んできた。

「むぷッ」

反射的に抗った直也であったが、次の瞬間、全身に甘美な波が行き渡る。

(小夏さんのアソコが、僕の口に――)

湿ったものが唇に密着している。ファーストキスもまだなのに、別の唇にキスすることになるなんて。

おまけに、顔に乗っているのはぷりぷりしたおしりだ。割れ目にもぐり込んだ鼻が、蒸れた汗の匂いを嗅いだ。

その中に、ほんのわずかながら異臭があった。女の子なら絶対に知られたくないであろう、肛門の匂い。もっとも、すぐに消えてしまったから、密かに洩らしたガスの残り香だったのかもしれない。

それでも、究極のプライバシーまで暴いて、直也は大昂奮であった。

「あ、ごめん」

小夏が腰を浮かそうとする。直也はすかさず太腿を両手で捕まえた。

「え、ちょっと」

年上の少女が戸惑うのもかまわず、秘肉の裂け目に舌を差し入れる。

そういう愛撫方法があると、同級生たちの猥談で小耳に挟んだことがある。ペニスをしゃぶるのはフェラチオと呼ぶことも知っていた。だが、オーラルセックスの知識にのっとってしたのではない。ほとんど衝動的な行動だった。

もっとも、恵令奈は秘部を鼻面にこすりつけて絶頂したのだ。舐めたらもっと気持ちいいのではないかと、無意識に悟ったのかもしれない。

「あ、あああっ」

小夏が焦りを含んだ声を洩らす。蜜芯がキュッとすぼまった。

「え、どうしたの？」

恵令奈が問いかける。

「直也クンが……オマ×コ舐めてる」

「なによ、クンニしてるの？」

同い年の美少女が口にした単語は、初めて聞くものであった。それがアソコを舐める行為を指すのだと、直也はすぐに察した。

（くんに……っていうのか）

略語みたいだし、正式な名称ではない気がする。それでも、どことなくいやらしい響きに聞こえた。

「あっ、あ、キモチいいっ」

小夏がよがる。はっきりと快感を伝えられ、ますます自信を深める。もっと感じさせてあげたくて、舌の位置を移動させた。

しかしながら、小夏は顔に遠慮なく体重をかけている。息苦しいし、思うように舐められなかった。彼女のほうも、悦びを得ているのは確かでも、焦れったかったのではないか。

「ちょ、ちょっと待って」

ヒップを浮かせる動きを示したので、直也も太腿を捕まえていた手を緩めた。もう逃げないとわかったからだ。

股間に指が差しのべられる。唾液で濡れた淫華の恥丘側、フード状の包皮をめくりあげた。

ぷんと香ばしい匂いが漂う。現れたのは、ピンク色の小さな突起であった。裾のほうに白いものがこびりついている。

（これって、ペニスにつくのと同じヤツなのかな？）

洗ってないとくびれ部分に付着する白いカス。恥垢という名称も知っている。そう言えば、この小さな突起は、どことなく亀頭に似ている。だとすると、やはり同じものなのだろう。

「ね、クリちゃん舐めて」

小夏のおねだりで、クリトリスという名前を思い出した。前に聞いたことがあったのだ。それこそペニスの先っぽと同じで、敏感なところであると。

試しに舌先でチロチロとくすぐったところ、

「あはぁッ！」

ひときわ大きな声がほとばしった。

(え、こんなに感じるのか)

おしりもぎゅんと強ばって、丸みに筋肉のへこみをこしらえる。亀頭よりも小さいぶん、感覚点が集まっているのかもしれない。

ならばと、いっそうねちっこく舌を躍らせる。

「あ、ああっ、それいいっ」

スポーツ少女が、そこだけ白さの際立つおしりをぷるぷると震わせた。

(僕、小夏さんを感じさせてるんだ)

年上の少女をよがらせることで、自信みたいなものがむくむくと湧いてくる。さっきオナニーをやりかけて放っておかれたペニスも、得意がるみたいに脈打った。

それが柔らかな指で摑まれる。

「むふっ」

直也は太い鼻息を吹きこぼした。

勃起をゆるゆるとしごくのは、最初は小夏だと思った。お気に入りの部分を舐めてもらい、お返しのつもりで愛撫しているのだと。

ところが、

「何よ。エレナのは舐めなかったクセに」

不満げな声に続き、筒肉をギュッと握られたため、恵令奈だとわかった。

(いや、恵令奈ちゃんはパンツを脱がなかったんだし)

秘部をあらわにしてくれたのなら、直也も舐めたはずである。

理不尽な主張は無視して、直也は年上少女への奉仕に集中した。このまま続ければ、彼女も妹のようにあられもなく昇りつめるのを期待して。

「ま、待って」

いきなり小夏が腰を浮かせる。目の前の景色が開け、直也は（え？）と戸惑った。いいところだったのに、これで終わりなのかと落胆する。

しかし、そうではなかった。

「しゃがんでると腿が痛いし、ちょっと代わって」

太腿をさすりながら、小夏が顔をしかめる。からだを鍛えているようでも、中腰をキープするのはつらいらしい。そのせいで、快感に没頭できないのだろう。

直也と場所を交代すると、彼女はさっき二段ベッドでそうしたみたいに、仰向けで両膝を抱えた。恥ずかしいところを大胆に見せつけ、

「じゃ、クンニの続きね」

わくわくした顔つきで求める。しかも、指で恥割れをぱっくりと開いた。

鮮やかな色合いの粘膜が、光を浴びて淫らに輝く。生々しさが増して、直也はナマ唾を呑んだ。

（これ、すごくいやらしい……）

小夏はヒップを高く掲げているため、おしりの穴までまる見えだ。可憐なツボミも、早く舐めてとせがむように収縮している。

直也は膝をつき、ヌメッた女芯の真上に顔を伏せた。

むわん――。

唾液で淫靡さを増した秘臭がたち昇る。頭がクラクラするのを覚えつつ、幾ぶんふくらんだかに見える肉芽に吸いつく。

「くぅうーン」

小夏がのけ反り、愛らしくも艶っぽい声をあげた。

(可愛いな)

年上でも、悦びを素直にあらわにする姿はいたいけで愛らしい。もっと感じさせてあげたくなる。

舌を高速で動かし、ピンクの突起をぴちぴちはじくと、

「きゃふッ、う、ううッ、キモチよすぎるぅ」

いっそうあられもない反応がある。床から浮いたおしりも、せわしなくはずんでいるようだ。

(すごいな……女の子って、こんなに感じるのか)

直也も射精すると、からだがバラバラになりそうな快感を味わう。けれど、こんなふうに声を出すほどではない。

そう言えば、恵令奈もイッたときには全身を暴れさせ、大きな声をあげていた。

男よりも女のほうが、性的な快感は大きいのかもしれない。

だからこそ、彼女たちはこうやって恥ずかしげもなく、いやらしいことをさせているのではないか。

「あうう、い、イキそう」

小夏が呻くように言う。間もなく、

「あ、い、いい、イッちゃう」

息をせわしなくはずませたあと、裸の下半身をぎゅんと強ばらせた。

「あふっ、ハッ、ううう」

呻いて、肌のあちこちをピクピクさせる。恵令奈ほどあられもない反応ではなかったものの、昇りつめたようだ。

ただ、もの足りなかったのか、膝を抱えたままでいる。まだ続けてほしいと求めるみたいに。

直也はいったん口をはずし、年上少女の秘め園を観察した。唾液に濡れたそこは赤みを増し、いっそう生々しい様相である。貝の肉みたいなビラビラも、腫れぼったくふくらんでいた。

桃色の突起——クリトリスも、さっきよりも大きくなって見える。

（ペニスと同じで、勃起したってことなのかな？）

だが、男の場合は絶頂すると、大きくなったモノが縮こまる。女性がそうならないのは、射精しないせいなのか。

「イッちゃった……」

つぶやく声にハッとする。顔をあげると、小夏が陶酔の面持ちでこちらを見ていた。

「直也クン、クンニじょうずだね」

褒められて照れくさい。一方で優等生らしく、疑問もぶり返した。

「僕が今したのって、くんにって言うんですか？」

「正式にはクンニリングスね。オマ×コを舐めて気持ちよくすること」

やはり略称だったのだ。予想が当たって嬉しくなる。

「高校生になってのに、そんなことも知らなかったの？」

恵令奈の侮蔑も気にならない。すると、小夏が自ら恥割れをくつろげ、あれこれ教えてくれた。

「それから、直也クンが舐めてくれたこのポッチがクリトリス。女の子がいちばん感じるところなの。あと、このビラビラが小陰唇」

その名称は、性教育で習った女性器の略図に載っていた。クリトリスは陰核と書かれていた。

「で、ここが膣。見える？」

ぷっくりしたところを左右にぐいと引っ張り、粘膜部分を大胆に晒す。さっきもチラッと見えた小さな穴が、いびつなかたちであらわになった。

「生理の血が出てくるところだけど、エッチのときはここにオチ×チンを挿れるのよ」

そう言って、年上の少女が思わせぶりに目を細める。直也はドキッとした。

（ひょっとして、セックスさせてくれるんだろうか）

早く経験したい、童貞を捨てたいと、年頃らしく願望はあった。ただ、それには恋人を得ることが先で、段階を踏んで経験するつもりでいた。

それでも、せっかくのチャンスなら是非ともという心境になる。現に、今日この家に来たときも、もしかしたら体験できるのかもと期待したのだ。

それに、男になれば、大学生の涼花とも対等になれる。

恵令奈の話では、彼女はまだバージンとのこと。だったら経験者である自分がリードして――と、妄想が広がる。

とは言え、そう都合よく望みが叶うわけがない。

「ひょっとして、オチ×チンを挿れたいの？」

小夏が含み笑いで訊ねる。直也は思わず前のめりになり、ガクガクとうなずいた。優等生だったはずが、発情した牡へと成り果てたようだ。

「ダーメ。そう簡単にバージンをあげられるわけないじゃん」

即座に拒まれて、断崖から突き落とされた気分を味わう。続いて、顔がカッと熱くなった。乗せられて欲望をあらわにしたことが、急に恥ずかしくなったのだ。

3

「まあ、でも、キモチよくしてくれたお礼はしなくっちゃね」

小夏が起き上がる。「ここに寝て」と言われ、直也は再び仰向けで寝そべった。

「クンニのお返しにフェラしてあげる」

その略称がフェラチオのことだと、瞬時に理解する。

（じゃあ、小夏さんが僕のを——）

オナニーをしながら、ここを舐められたらどんなに気持ちいいだろうと、何度も夢想した。自ら試みたこともあるが、そこまでからだが軟らかくないので断念した。

女の子にペニスをしゃぶられるのである。想像するだけでたまらなくなる。フェラチオはある意味、セックス以上に憧れの行為であった。

「脚を開いて」

小夏に言われ、ためらいもなく膝を大きく離す。大胆に股間を晒したのは、期待がふくれ上がっていたためだ。

「うふ。キンタマもまる見えだね」

露骨なことを言われて、また頰が熱くなる。この春高校三年生になる少女は、脚のあいだに膝を進めた。

「あうう」

屹立を握られ、直也は腰を浮かせて呻いた。しばらく放っておかれたものだから、手指の柔らかさがやけに快かったのだ。

「わ、すごい。さっきよりも硬いよ」

小夏が指にニギニギと強弱をつける。それから身を屈め、手にしたモノに顔を近づけた。

剝けた頭部はツヤツヤしており、天井の明かりを鈍く反射させる。ひょっとしたら顔も映るのではないかと思えるところまで接近し、彼女は小鼻をふくらませた。

「……ちょっとくさいね」

悩ましげに眉根を寄せられ、直也は居たたまれなかった。蒸れたそこは海産物に似た悪臭を放つのだ。

ところが、小夏は顔を離さず、すんすんと鼻を蠢かせ続ける。

(え、くさいんじゃないの？)

戸惑っていると、彼女は堪能しきったみたいに「ふう」と息をついた。

「この匂い、けっこう好きかも。すごくエッチな気分になるもの」

好感を口にされ、恥ずかしくも嬉しくなる。同時に、気がついたこともあった。

(僕が小夏さんたちの匂いに昂奮したのと、いっしょなんだろうか)

男も女も、相手の匂いに惹かれるようになっているのかもしれない。動物がそうだと本に書かれてあったのも思い出す。人間だって、もともと動物なのだ。

「じゃ、フェラしてあげるね」

そう告げるなり、小夏が手にした屹立を頰張る。

「あ――」

予想していたにもかかわらず、直也は焦った。洗っていないペニスに口をつけられ、申し訳ない気持ちが先に湧いたのだ。
けれど、敏感な頭部をしゃぶられ、脳にガツンとくる衝撃がある。

「くはぁあああっ」

のけ反って喘ぎ、腰をくねらせる。射精時にも匹敵する快感に、とてもじっとしていられなかった。

「ン、んぷ」

小鼻をふくらませ、若い牡器官を熱心に吸いねぶる少女。前にペニスを見たことがなかったのなら、こんなことをするのは初めてなのだ。
なのに、少しも迷いなく舌を動かしている。いつか実行する日を夢見て、事前に練習していたのであろうか。アイスキャンディーやソーセージを口にしたときに。

だとしても実物とは違う。テクニックとしては未熟なのだろう。しかし、初めて口淫奉仕をされる少年には、技巧など関係なかった。

（小夏さんが僕のペニスを――）

その事実だけで急上昇し、たちまち危うくなる。

「あ、あ、あっ」

切羽詰まった状況を、母音だけで訴える。軽いパニックに陥り、何をどう言えばいいのかわからなかったのだ。

年上の少女は口をはずすことなく、舌をピチャピチャと鳴らし続けた。

(……もうダメだ)

甘美な痺れが全身に行き渡り、震えが生じる。頭の中が真っ白になり、秘茎の中心を熱さが貫いた。

「ん⁉」

小夏がはじかれたように顔をあげる。強ばりの根元を強く握ったが、そんなことで噴出を止められるはずがない。

「ああ、あ、うう」

しゃくりあげるペニスが、ピュッ、ピュッと白濁液を飛ばす。直也はのけ反って腰を浮かせた。

気持ちよかったのは確かながら、昨日の二回ほどの満足感は得られなかった。精液が出ているときにしごいてもらえなかったからだ。

もっとも、小夏は見たかったものを目の当たりにできて、満足した様子である。

「うわ、ホントに出るんだね」

手指に滴ったものを間近で眺め、匂いも嗅ぐ。最初に口内発射されたぶんが、口許からトロリとこぼれたのも気にせずに。

見かねたか、恵令奈がティッシュ抜き取り、姉に渡した。

「ナツ姉、これ」

「あ、ありがと」

口許と指を拭い、ふうとひと息つく。

「そっかあ、精液ってあんなふうに、オマ×コの中で出されちゃうんだね。妊娠するのもわかる気がする」

まだ十代でも女性だから、自身の体内で受精し、新たな命が芽生えることを考えずにいられないようだ。

「精液ってどんな味なの？」

妹に訊かれて、小夏はようやく口で受け止めたことを実感したらしい。

「え？　ああ……そんなに味はなかったかな。塩気と甘みがあって、薄い出し汁みたいな？」

口許からすぐに垂れたし、ほとんど味わっていなかったようである。

姉妹のそんなやりとりを、直也は寝転がったままぼんやりと眺めた。快感がもの足りなかったわりに虚脱感が著しいのは、初めてのフェラチオの衝撃が大きかったためであろう。

「あ、小さくなってる」

唾液に濡れた若茎が縮こまっているのに気がついて、次女が声をあげる。すぐさま二本の指で摘まみ、ぷらぷらと揺らした。

「うう」

鈍い痛みを感じて、直也は呻いた。しかし、少女たちは飽きることなく、年下の少年をオモチャにする。

「これ、またフェラしたらボッキするかな」

「たぶんね。昨日も二回出してるもん」

「じゃあやってみよっと」

小夏が再び顔を伏せる。柔らかな器官を含み、唾液を溜めた口内で泳がせ、舌と戯れさせた。

「う、う、あ――」

痛みがなくなり、股間と腰の裏がムズムズする。直也は喘ぎ、フローリングの上で身をくねらせた。

ところが、分身はわずかにふくらんだようながら、さっきまでの猛々しい姿を取り戻さない。

「え、全然タタないんだけど」

三分近くもしゃぶってから、顔をあげた小夏が眉をひそめた。

「やっぱり、コーフンさせなくちゃ無理なんじゃない?」

恵令奈も不満げな面持ちを見せている。直也が勃起しないからではなく、姉に少年を独占されているのが面白くないのだろう。

「コーフンさせるって?」

「またオマ×コを見せるとか」

「だって、あたしはフェラしてるし――」

言いかけて、「あ、そうか」と、スポーツ少女が明るい笑顔を見せる。

「シックスナインをすればいいんだね」

耳慣れない言葉が出て、直也は目を白黒させた。

(シックスナイン……6と9? 六十九なら、シックスティナインのはずだけ

ど)

どういう意味なのかと考えていると、小夏がからだの向きを変え、胸を跨いできた。

「わ――」

驚いて声が洩れる。丸まるとしたヒップが、またも顔の間近に迫ってきた。

そのとき、シックスナインが何なのかが閃く。

(そうか、6と9を横に並べたかたちなんだ)

英数字の69。男女が互いに逆向きで、相手の性器に口をつける体位だ。

するべきことが理解できたら、あとは実行に移すのみ。たわわな丸みを引き寄せて、さっきのように秘芯に口をつける。

「ああん」

なまめかしい声を発した少女が、尻の谷をキュッとすぼめる。対抗するように、若い筒肉を口内に戻した。

(ここだったよな)

直也も負けじと、教えられたポイント――クリトリスを重点的に攻めた。

最初に顔に乗られたときよりも、それから、仰向けで寝転がった彼女の股間に顔を伏せたときと比べても、今のほうがずっと舐めやすい。上を向いていたほうが舌を自由に動かせるし、狙いも定めやすかった。

何よりも、綺麗なおしりが目の前にあるから、かなり昂奮する。おかげでペニスも膨張してきた。

残念なのは、さんざん舐めたあとだから、最初のなまめかしいチーズ臭が消えてしまったことだ。一帯は唾液の乾いた匂いが強く、もの足りない。

とは言え、少女期は新陳代謝が活発と見える。快感を与えられることで陰部が火照り、淫らなかぐわしさを取り戻しつつあった。

「ん、ん、ン――んふぅ」

若茎をしゃぶりながら、小夏がせわしなく鼻息をこぼす。それが陰嚢《いんのう》に当たることで、いやらしいことをしている実感が強まった。

(すごいな……僕たち、同時にアソコを舐めあってるんだ)

大人だって、ここまでするカップルはそういないのではないか。それこそ、自分の両親だって。

母親のフェラチオや、父親がクンニリングスをする場面を、直也は想像しようとした。だが、脳が妨害電波の影響を受けたみたいに、実像が浮かばない。シックスナインは尚さら無理であった。

もっともそれは、自分に近すぎる存在ゆえかもしれない。

秘核を刺激すると、可憐なアヌスが物欲しげにヒクつく。それだけ感じているのだと、優等生の少年は察した。

(そろそろイクかもしれないぞ)

ますますやる気になる。年上の少女があられもなく声をあげるところを、また見たくなったのだ。

なのに、小夏がおしりをあげてしまう。

(え?)

いきなり視界が開け、直也は戸惑った。すると、彼女が脇に膝をつき、顔を覗き込んでくる。

「キモチよかったよ。直也クンってオマ×コ舐めるの、ホントにじょうずだね」

照れた笑みを浮かべての褒め言葉に、顔が熱くなる。

「あ、あの」

なんと返せばいいのかわからず戸惑っていると、

「ね、キスしてもいい?」

一転、真面目な顔で言われて、心臓がバクンと大きな音を立てた。

「あ、はい」

断る理由もないので承諾すると、小夏が顔を下げてくる。途中で目を閉じ、焦点が合わなくなる距離まで近づいた。

恥ずかしさと緊張から、直也も瞼を閉じた。ひと呼吸置いて、唇に柔らかなものが密着する。

(小夏さんとキスしたんだ!)

全身がカッと熱くなる。さんざんいやらしいことをした後なのに、本当に親密な関係になれた気がした。

唇を重ねただけでボーッとなっていると、何かが割り込んでくる。舌だ。

(え、なに?)

直也はうろたえたものの、嫌悪感はなかったから素直に受け入れる。温かな唾液をまといつけたそれは唇の裏を舐め、くすぐったさに歯を緩めると、さらに奥まで入ってきた。

そこまでされれば、こちらも応じなくてはならない心持ちになる。直也も怖ず怖ずと舌を差し出した。

ふたりのものがふれあうなり、全身に甘美な電気が流れる。

ジタバタと暴れたくなるような、居ても立ってもいられない気分。気がつけば、

(ああ、何だこれ……)

小夏の背中に腕を回し、夢中で舌を絡め合っていた。少女の甘酸っぱい吐息にもうっとりしながら。

「あきれた。ナツ姉ってば、直也なんかにファーストキスをあげちゃうなんて」

恵令奈の声が聞こえ、感激で胸がいっぱいになる。

(そうか、小夏さんもキスが初めてなんだ)

順番は逆になってしまったが、互いの性器に口をつけたのも初めて同士なのだ。ファーストキスなのに舌を入れてきたのを、大胆だとは思わなかった。彼女はセックスに関してもいろいろと知っていたし、年上だからリードしてくれるのは普通だと受け止めた。

長いくちづけが終わり、小夏が離れる。こちらを見おろす上気した面持ちを、直也はたまらなく綺麗だと感じた。

「キスってキモチいいね」

はにかんだ笑顔で告げられ、即座に「はい」と同意する。次の瞬間、快い衝撃

が下半身を貫いた。

「あああっ」

堪えようもなく声をあげる。いつの間にか硬くなっていた肉器官を握られたのだ。

「わ、直也クンのオチ×チン、すごいことになってるよ」

言われて、頭をもたげた直也は目を瞠った。

しなやかな指で捉えられた秘茎は、亀頭がやけに赤い。おまけに、多量に溢れた透明な粘液で、ねっとりとコーティングされていたのだ。

「ほら、ガマン汁がこんなに」

昂奮すると滲み出る液体の別称。直也は前にも目にしたことがある。いかにも品がないが、妙にしっくりくる呼び名だ。だが、それを年上の少女が口にするなんて。

(いやらしすぎるよ、小夏さん)

身も心も彼女に翻弄される心地がした。

指に絡め取ったヌメりを用いて、小夏が敏感な粘膜をヌルヌルとこする。くすぐったさを強烈にした快感に、直也は「ああ、ああ」と歓喜の声を震わせた。

「キモチいいの？　オチ×チン、鉄みたいに硬いよ」

「こ、小夏さん……」

「ねえ、エッチしたい？」

またも誘いの言葉を告げられて、正直に答えるべきかどうか迷う。ついさっき、拒まれたばかりだったからだ。

けれど、募る欲求には抗えない。

「はい、したいです。小夏さんと」

誰でもいいわけじゃないと、誠意のあるところを示す。そうすればヤラせてくれるかもなんて打算があったわけではない。ペッティングからキスまで体験させてくれた年上の少女に、本気で恋をしていたのだ。

すると、彼女がニッコリと笑う。

「いいよ。エッチしよ」

これ以上はない嬉しい返答に、直也は天にも昇る心地を味わった。

「あたしも、そろそろ体験したかったんだよね。年下の子を誘惑したなんて、友達にも自慢できるし」

にんまりと目を細められ、ちょっとがっかりする。自分のように想いが募って求めたのではないとわかったからだ。

それでも、初体験の相手に選ばれただけでも良しとするべきだろう。

4

「直也クンは寝てていいわよ」

そう言って、小夏が年下の少年の腰に跨がる。

「ナツ姉、ホントにする気なの？」

その声で、この場にもうひとりいたのを直也は思い出した。横を見ると、床にぺたんと坐った恵令奈が、目をまん丸に見開いている。

「そうよ。べつにいいでしょ」

小夏が答えると、彼女が不機嫌をあらわにする。この場の主導権を取られた挙げ句、仲間はずれにされたからだ。

「それとも、あんたが直也クンの童貞を奪ってあげる？」

「まさか。なんでエレナが、こんなやつとエッチしなくちゃいけないのよ」

同い年の少女が、ぷいと顔を背ける。やけにうろたえたように見えたものだから、直也はもしやと思った。

（恵令奈ちゃんも、したことがないんだな）

おそらくバージンなのだ。そのため、姉に先を越されるのが面白くないのだろう。ワガママな末っ子は、何でも一番でないと気が済まないようだから。

つまり、ここで体験すれば、生意気な美少女より優位に立てるのである。

「じゃ、あんたはそこで見てなさい」

相手なんかしていられないとばかりに言い放ち、小夏が秘茎を逆手で握る。上向かせたものの真上に腰を移動させ、尖端を中心にこすりつけた。

「……ここかな？」

初めてだから、自分のからだでもよくわからないらしい。目の届かない場所であり、迷うのも無理はない。まったく受け身の直也は、ただそのときを待てばいいだけで、気楽なものであった。

間もなく、受け入れるところが見つかったようだ。

「じゃ、するね」

小夏の表情に緊張が浮かぶ。初めて体内に異物――ペニスを受け入れるのだ。不安を覚えるのも当然だと、男の直也でも心情は理解できた。女性には処女膜があって、初めてのときは痛いというのは知っていたから、尚さらに。

タンクトップのみを着用した少女が、裸の腰をそろそろとおろす。濡れたところにもぐり込んだ屹立は、すぐ関門にぶつかった。入りそうな感じがなかったから、

(場所が違うんじゃないかな?)

直也は小夏の判断を疑った。しかし、彼女はそこだと確信しているらしく、じりじりと体重をかけてくる。

間もなく、切っ先が狭いところをこじ開ける感じがあった。

「う──うう」

苦しげな呻き声がこぼれる。処女を卒業したいという決意も込められているようだ。

直也は胸の内で(頑張れ)と応援した。自分が体験したいという気持ちは後回しにして。

「ねえ、やめといたほうがいいんじゃない?」

恵令奈が声をかける。横目で窺うと、苛立ちと泣きべその混じった顔をしていた。さすがに姉のことが心配なのか。直也をここへ連れてきて、淫らな状況を招

いたのは彼女であり、責任を感じているのかもしれない。

「今さらやめられないわよ」

体育会系らしくきっぱりと言い返し、小夏がさらにからだを下げる。入り口が開き、強ばりの先っちょがもぐり込む感覚があった。

（え、入るの？）

直也が頭をもたげたそのとき、

「ああッ」

悲鳴が室内に響き渡る。次の瞬間、熱い締めつけが若茎を包み込んだ。

「あうう」

直也は呻いてのけ反り、枕に頭を戻した。ぴっちりとまといつく感触は、フェラチオの比ではない快さだ。

「うー」

一方、受け入れた側は、顔をしかめて呻くのみ。いかにも苦しそうで、直也は憐憫を覚えた。

（やっぱり痛いんだ……）

入り口部分がジンジンと熱い。出血しているのではないか。

「だいじょうぶなの、ナツ姉？」

妹に心配され、小夏は「ふう」と息をついた。しかめっ面が幾ぶん和らぐ。

「うん……ちょっとピリッとしたけど、思ったほど痛くないね」

「ホントに？」

「運動ばっかりしてたから、処女膜がすり減ってたんだよ、きっと」

どうやら心配なさそうで、直也は安堵した。

「あたしのこと心配してくれてるんだね。ありがと」

姉に礼を言われ、恵令奈がうろたえる。

「え、エレナはべつに――」

眉間にシワをこしらえ、気まずげに視線を落とす。照れているのだ。

（なんだ、けっこういいところがあるんじゃないか）

ワガママな美少女を、ちょっとだけ見直した。

「直也クンはどう？」

小夏が訊ねる。すでに穏やかな表情を取り戻していた。

「あ、はい。気持ちいいです」

「よかった。これで童貞卒業だね。おめでと」

朗らかに言われて、セックスをした実感が湧いてくる。

(……そうか、僕、男になったんだ)

感激で胸がいっぱいになる。

「あ、ありがとうございます」

小夏のほうもバージンを卒業したのだから、お祝いを述べるべきなのだろうか。だが、年下なのに生意気かもと思い、直也は口を慎んだ。

「だけど、ごめんね」

「え、どうしたんですか?」

「あたしが動かないと、直也クンは気持ちよくないだろうし、精液も出ないよね。でも、オマ×コの中がジンジンしてるから、まだ動けそうにないの。もうちょっと待ってて」

狭いところに無理やり挿れたから、内側がこすれたのかもしれない。皮膚ではなく粘膜だし、癒えるまで時間がかかるのではないか。

「わかりました。僕はだいじょうぶです。こうしてるだけでも、すごく気持ちいいですから」

優等生の答えを口にすると、小夏がニッコリと笑う。

「ありがと。いい子ね」

褒められて、単純に嬉しい。それに、温かく濡れた中で締めつけられるのは、本当にうっとりする心地だったのだ。

「だったら今はヒマでしょ。直也は、エレナに奉仕しなさい」

そう言って、蚊帳《かや》の外だった美少女がすっくと立ちあがる。いきなり何を言い出すのかと、直也は訝る視線を向けた。

ところが、恵令奈がミニスカートの下に両手を入れ、水色の薄物をためらいもなく脱ぎおろしたものだからドキッとする。

(え、何だ?)

思わず目を見開くと、彼女が満足げに口角を持ちあげた。

「直也は、エレナのオマ×コを舐めるのよ」

言い放たれた命令に、頭がクラクラする。姉と交わっている少年に、そんないやらしいことをさせるなんて。しかも舐めさせるということは、

(じゃあ、恵令奈ちゃんのアソコが見られるのか)

パンティ越しに匂いを嗅いだだけで、未だ目にしていない神秘の苑。同い年の少女の性器は、年上である小夏のそことは違った意味を持つ。姉のものとどう違

うのかも興味が湧いた。

是非とも見たかったのであるが、やはり恵令奈は意地が悪かった。

「だけど、オマ×コは見ちゃダメ」

冷たく言い放ち、穿いていた薄物を直也の目の上に載せたのである。

(え、そんな)

おしりのところが透けていた下着も、前のほうは普通の布だったから、視界を完全に奪われてしまう。これでは肝腎なところを拝めない。

その一方で、脱ぎたてのぬくもりと、甘いような香りが劣情を高める。悩ましさにまみれ、直也は女体内の分身を雄々しく脈打たせた。

頭を跨がれたのが気配でわかる。見えなくてもいいから、美少女の割れ目と密着したい熱望がこみあげた。

「見るのは絶対に禁止よ。顔のパンツをどかしたら殺すからね」

物騒な脅しを口にして、恵令奈がしゃがんできたようだ。

「あ、恵令奈のオシリ、可愛い」

小夏の言葉で、姉に背中を向けているのだとわかった。

「うるさいっ」

文句を言いながらも恥ずかしくなったのか、恵令奈が急いで腰を落とす。

「ンぷっ」

湿ったもので口許を塞がれ、直也は呼吸が止まりかけた。だが、抗う間もなく、濃厚な酸味臭に陶然となる。

昨日、パンティ越しに嗅いだのは、ケモノっぽい風味の乳酪臭だった。今日は幾ぶんまろやかで、チーズよりはヨーグルトに近い。オシッコの匂いも含まれているのは一緒だ。

それに、鼻や唇に触れる感じからして、毛も薄そうである。

(まだコドモだな)

生意気で、大人びた言動をしていたのに、からだはそこまで成長していない。案外それがコンプレックスで、わざと奔放に振る舞っているのか。

「ほら、舐めてよ」

相も変わらず傲慢な少女を、ひいひいよがらせたくなる。直也は舌探りで、敏感な肉芽を狙ってはじいた。

「あ、ああっ」

鋭い嬌声がほとばじる。口をつけたところが、キュッと収縮したのがわかった。

(よし、ここでいいんだな)

彼女のほうも、お気に入りのところを舐めさせたくて、位置を調節しているに違いない。期待に添うよう舌を律動させ、いたいけなボディを歓喜に震えさせた。

「くぅーん、き、キモチいいっ」

仔犬みたいなよがりっぷりは、愛らしくもいやらしい。煽られて、いっそうねちっこくクリトリスを攻めていると、

「あ、あ、あ、ダメぇ」

突然、恵令奈の声のトーンが変化した。

(あれ、何だ?)

特に舐め方は変えていないのに、妙だなと思っていると、

「な、ナツ姉、そこはおしりぃ」

彼女が焦りをあらわに非難したことで、何が起こっているのか理解する。小夏が妹のヒップに悪戯をしているのだと。

しかしながら、直也の推測は、事実の一部しか捉えていなかった。

「ここ、キモチよくない？　ほら、ヒクヒクしてる」

「バカぁ、き、キタナイのにぃ」

恵令奈が切なげに身をよじる。顎のあたりにコチョコチョと触れるものがあるのは、おそらく小夏の指だ。

（え、それじゃ――）

ターゲットはぷりっとしたおしりそのものではなく、肛門であった。

「キタナクなんてないでしょ。ウンチしたあと、ウォシュレットを使ってないの？」

「つ、使ってるけどぉ」

「だったら平気じゃない。あたしだってシックスナインしたとき、直也クンにここをペロペロしてもらいたかったもん。見られてるだけでウズウズして、たまんなかったんだから」

小夏がそんなことを望んでいたとは意外だった。確かにそこはなまめかしくすぼまり、どこかもの欲しそうな反応を示していたが、秘核を刺激されて快いからだと思っていた。

（言ってくれたら、してあげたのに……）

正直、直也も舐めたかったのである。だが、そんなことをしたら引かれるかもと我慢したのだ。

最初は振り回されているかに見えた小夏が、完全に場の主導権を握っている。やはり年上だけあって、ワガママな末っ子の操縦は心得ているのか。アヌスを舐められたがったり、妹のそこをいじるなど、好奇心もかなり旺盛だ。

だからこそ、率先して初体験を遂げたのであろう。

今度はクンニリングスのときに、おしりの穴も舐めてあげよう。そんな場面を想像したらめちゃくちゃ昂奮して、締めつけられているペニスが疼きまくる。

「イヤイヤ、あ、しないでぇ」

アナル刺激が功を奏したらしく、恵令奈が急角度で上昇する。直也の顔の上で、いたいけな腰がビクッ、ビクッとわななないた。

「ダメぇ、い、イッちゃう」

エクスタシーの波に巻かれ、身も世もなくすすり泣く美少女。その反応は、いっぱしの女であった。

(あ、ヤバい)

直也も頂上が近づき、鼻息が荒くなる。腰がくねり、少しもじっとしていられない。

「直也クンもイキそうなの?」

小夏にもわかったようだ。動かずに済んで、ホッとしたのではないか。

「いつでもイッちゃって。精液、オマ×コの中に出していいからね」

これに、恵令奈が反応する。イキそうになっていたことも忘れるほどの、重大な問題だったのか。

「え、いいの?」

「うん。あと三日ぐらいで生理だから」

ふたりのやりとりを、直也はぼんやりとしか理解できていなかった。おそらく妊娠の心配はないという意味なのだろうと。

ならば、このまま射精してもかまうまいと思ったところで、歓喜の震えが全身に行き渡る。

「むふッ、フッ、むううう—」

呻きながらも、敏感な肉芽を唇でこする。それにより、恵令奈も昇りつめた。

「あ、あ、イクッ、イクッ、イクイクイクぅーっ!」

美少女の絶頂と同時に、直也も熱いエキスを勢いよく噴きあげた。

「ああーン」

小夏の悩ましげな声。からだの奥に出されたのがわかったのだろうか。

二度目の射精は、最初よりも深い悦びが得られた。出るときに若根をこすられなかったのは同じなのに。強烈な締めつけを浴びていたのと、女体の中でほとばしらせたことで充足感を得たからだ。

「ふはぁ」

大きく息をついて、恵令奈が顔の上から離れる。そのはずみで、視界を覆っていたパンティが落ちた。

直也はオルガスムスの余韻にひたりながらも、素早く視線を横に移した。

達したばかりの美少女は、すぐ脇でからだを丸めて横臥している。おしりをまる出しにし、羞恥部分を少年のほうに向けて。

そのため、ぷっくりした恥芯の合わせ目と、ほんのり色づいた秘肛のツボミを拝めたのである。やはり毛は薄く、疎らであった。

（ああ、可愛い）

愛らしい佇まいに、直也は軟らかくなりつつある分身を、膣の中で脈打たせた。

5

小夏が腰をそろそろと浮かせると、秘茎が抜け落ちる。

「つ――」

その瞬間、彼女が顔をしかめたのは、挿入時に生じた傷のせいなのか。もっとも、すぐさま笑みを浮かべ、

「ふふ、オチ×チン、可愛くなった」

少年の縮こまった器官に目を細める。二本の指で摘まみ、しげしげと眺めた。

「ちょっとだけ血が付いてる」

つぶやかれて、直也はドキッとした。

(やっぱり血が出たのか……)

痛い思いをしても童貞を奪ってくれた年上の少女に、改めて感謝する。彼女に何か頼まれることがあったら、すべてに優先して応じようと思った。

小夏はティッシュで秘茎を清めると、口に入れて舐め回した。

「あぁぁ」

そこまでしてもらうのは申し訳なくも、直也はくすぐったい快さに喘いだ。

（本当に、なんていいひとなんだろう……）

お隣の三姉妹で、最初に好意を抱いたのは長女の涼花だった。小夏はいかにも体育会系で、どちらかと言えばインドア派の直也には、正直とっつきにくかったのである。それがまさか、こんなにも惹かれるなんて。

（女性って、見た目じゃわからないものなんだな）

おしとやかだと思った涼花も、セクシーなインナーをまとい、オナニーをしたのである。万人ウケする美少女の恵令奈は、性格が最悪だった。小夏を気遣うなど、姉思いのところはあったけれど。

（そう言えば恵令奈ちゃんは？）

思い出して横を見ると、彼女はすでに身を起こしていた。ボーッとした表情で、牡器官にしゃぶりつく姉を眺めている。

視線に気づいたか、恵令奈がこちらを見る。直也と目が合うなり、なぜだかうろたえて顔を背けた。

もしかしたら、アソコを見られたと気がついたのか。それだったら、どうして見たのかと罵るはずだ。あるいは、クンニリングスをされて昇りつめたことが、今さら恥ずかしくなったのか。

だったら可愛いところがあるじゃないかと思ったとき、小夏が顔をあげる。

「さすがに二回も出しちゃったら、もうボッキしないね」

頭をもたげると、唾液に濡れた分身は幾ぶんふくらんだようながら、陰毛の上に力なく横たわっていた。

(ひょっとして、もう一回したかったんだろうか)

だとしたら、男として腑甲斐ない。

「あの」

「え、なに?」

「僕、小夏さんのおしりの穴を舐めたいです」

この申し出に、運動好きの女子高生は驚きを浮かべた。

「さっきの聞いてたの?」

「はい。本当は僕も舐めたかったんです。だけど、引かれるかと思って、しなかったんです」

正直に告げると、彼女がはにかんだ笑みをこぼす。

「そうだったんだ。じゃあ、してくれる?」

「はい」

返事をして、直也は起き上がった。

小夏は四つん這いのポーズを取った。クッションを胸に抱え、丸まるとしたヒップを高く掲げる。膝も離したから、シックスナインをしたときのように、恥ずかしいところが全開だ。

(うわ、すごくいやらしい)

フェラチオでも勃たなかったペニスが、ふくらむ兆しがある。タンクトップを着たままだから、いっそう淫らに映るのだろうか。

背後に膝をつき、ふっくらした白い丸みに両手を添える。目標である可憐なツボミは、期待の反応なのかヒクヒクしていた。

そこに口をつける前に、

「ねえ、先にオマ×コ舐めてくれる?」

小夏が要請する。

「あ、はい」

「まだちょっと痛いから、そっとね」

童貞を奪ってくれた部分であり、痛むのなら癒してあげたい。そんな心境で、直也はほころんだ女芯に顔を寄せた。

ほんのりと青くさい匂いがある。中に出した精液の残り香だろう。自分のものだから抵抗はない。

見ると、花びらの内側に、血が掠れたような赤い痕跡があった。

(本当に血が出たんだ)

初めてを捧げてくれた小夏に、感謝の気持ちがふくれあがる。直也はその部分にくちづけ、湿った中心にそっと舌を当てた。

「ンふっ」

剝き身のヒップがピクンとわななく。痛いのではなく感じたようだ。

血らしき跡があったところを舐めると、わずかな塩気の中に鉄サビみたいな味がした。大変だったんだなと実感し、慈しむように舌を這わせると、小夏が「くぅん」と悩ましげな声を洩らす。

「あん……直也クン、舐めるのじょうずぅ」

満足してもらえたようで安堵する。

秘芯が再び潤いだし、舌に粘っこい蜜が絡む。あるいは、中出ししたザーメンが溢れてきたのかもしれない。

それでも、処女をくれた愛しいひとのために、心を込めてねぶり続ける。

「もういいわ」

小夏が停止を求め、舌から逃れるように丸みをくねらせる。息づかいがはずんでいた。

「すごく楽になったわ。ありがと」

「あ、いえ。どういたしまして」

「じゃあ、おしりの穴をお願いね」

待ってましたとばかりに、直也は秘肛にくちづけた。舌を出し、チロチロとくすぐるように舐める。

「あ、あ、き、キモチいいっ」

色めいた反応は嬉しくも、そんなに感じるのかと驚きもあった。排泄に使う器官であり、性的な行為とは関係ないのに。

(てことは、僕も舐められたら感じるんだろうか)

興味は湧いたものの、さすがにお返しを求める気にはならない。自分がするぶんにはよくても、誰かにしてもらうのは抵抗がある。

「あきれた……ホントに舐めてる」

恵令奈の声が聞こえた。姉の排泄口を味わう同い年の少年を、軽蔑しているのか。

横目で確認すると、彼女は悩ましげに眉根を寄せている。下半身が落ち着かなく揺れているから、自分もされてみたくなっているらしい。

求められたら、直也はいくらでも舐めてあげるつもりだった。

(恵令奈ちゃんのおしりの穴、可愛かったもんな)

色素が濃くなくて、ほぼピンク色だった。柔らかそうでもあり、太いウンチでも出したら切れてしまうかもしれない。

「も、もういいわ」

小夏が堪能しきった口振りで言う。直也が舌をはずすと、唾液に濡れたアヌスはいくぶん赤みを増していた。

そして、花弁の狭間に透明な蜜をたっぷりと溜めていたのである。

(うわ、こんなに)

肛穴をねぶられて感じ、濡れたというのか。

「ねえ、ボッキしてる?」

問いかけられ、いつの間にかペニスが復活していたことに、直也は気がついた。

「あ、はい」

「だったら、もう一回オマ×コに挿れて」

「え、いいんですか？」

「うん。したくなっちゃったんだもん」

アナル刺激が肉体を疼かせ、その気にさせたらしい。

「ね、このままバックでして」

そこだけ白い臀部をぷりぷりと揺すって、年上の少女がおねだりする。もちろん直也に異存はなく、「わかりました」と答えた。

(だけど、できるかな)

さっきは完全な受け身だったが、今度は自ら挿入しなければならないのだ。

彼女の後ろで膝立ちになり、反り返る分身を前に傾ける。逆ハート型のヒップの切れ込みに亀頭をもぐらせ、濡れ割れを尖端でこすると、

「ああーン」

小夏が艶声で応えた。

(ええと、ここかな)

さっき目で確認した膣口の位置を思い出す。肛門に近い側にあったはずだ。

見当をつけた場所に肉槍の穂先を押しつけると、

「うん、そこ」

と、間違っていないことを教えられる。

「じゃあ挿れます」

「ゆっくりね」

無茶をして、傷を負ったところを悪化させてはまずい。直也は両手でおしりを固定すると、慎重に腰を前に出した。

さっきは、なかなか侵入できなかった。今回もそうだと思っていたのだが、

「あ、来るぅ」

小夏が切なげに身を震わせるなり、亀頭がぬるりと入り込んだ。

「あうう」

入り口の輪っかでくびれを締めつけられ、目のくらむ悦びが生じる。ほとんど無意識に、直也は残り部分を膣内に送り込んだ。

「ふう」

すべてを迎え入れ、少女がひと息つく。二回目のセックスは、それほどつらそうではない。ペニスも膣内に馴染んでいる感じだ。

（すごい、本当に入った）

自身の強ばりが女体に入り込んだのを目でも確認し、直也はセックスをした実感にひたった。一回目は、繋がったところをちゃんと見られなかったから。

「オチ×チン、すごく脈打ってる……ねえ、動いて」

小夏が新たな要請をする。ペニスを膣に出し挿れしてほしいのだ。

（だいじょうぶかな）

また痛くさせるのではないかと心配になる。性急にならぬよう心がけ、直也はそろそろと後退した。

ふたりのあいだに隙間ができて、ヒップの切れ込みに肉色の筒が現れる。濡れ光ったそこに、血液の付着は見られない。

再び同じ速度で戻すと、彼女が切なげに下半身をくねらせた。

「もっと速くしていいわ」

求めに応じて、直也は出し挿れを徐々にスピードアップさせた。

「あ……あん、なんか、すごく、いい感じ」

小夏がなまめかしい声を発する。呼吸をはずませ、掲げた若尻をくねらせた。

見え隠れする濡れた肉胴に、白く泡立ったものがまといつく。精液の残りか、それとも彼女自身の愛液かはわからない。そこからたち昇る生々しいケモノ臭にも煽られて、直也はリズミカルに腰を振った。

（これがセックスなんだ――）

さっきは挿入し、射精しただけ。下になっていたから、何もできなかった。今は能動的に動き、女芯を突きまくっている。ようやく男になれた実感も湧き、ピストン運動が激しさを増した。

「それいいッ。お、オマ×コの中がムズムズするぅ」

小夏の卑猥なよがり声にも、世界一いやらしいことをしている気分にひたった。

「……ったく、好きにすれば」

姉と少年の交わりを見せつけられ、いよいよ仲間はずれだと感じたらしい。恵令奈がすっくと立ちあがった。

「いつまでもサルみたいにサカってればいいのよ」

捨て台詞を残し、部屋を出て行く。さっき脱いだ水色のパンティを床に残して。

（ていうか、恵令奈ちゃんは、何のために僕をここへ連れてきたんだろう）

今さらのように疑問を覚える。

おそらくは姉の前で、お隣の少年との淫らな戯れを披露したかったのではないか。それにより、姉妹のヒエラルキーにおいて優位に立とうとして。

ところが、あいにくと姉のほうが上手《うわて》で、すっかり毒気を抜かれたと見える。

「あんな子はほっといて、あたしたちだけで楽しみましょ」

小夏は妹など相手にせず、己の快楽のみを求める。直也も「そうですね」と同意しつつ、恵令奈のことがちょっぴり気になった。

可哀想だと思ったのではない。あの傲慢な態度からして、素直に反省するとは思えなかったのだ。また何かやらかすのではないかと心配になる。

気掛かりではあるが、今は年上の少女との行為に集中すべきだ。

「小夏さん、すごく気持ちいいです」

感動を込めて告げると、意識してなのか内部がキュウキュウと締まる。

「我慢できなくなったら、また射精していいからね」

嬉しい許しに「はい」とうなずき。直也は力強く蜜芯を抉った。

第三章　異装の美少女

1

それからの三日間は何もなかった。

恵令奈はあれで懲りておとなしくしているのか、呼び出しをかけてこない。直也は両親と買い物に出かけたり、中学校のときの友達と遊んだり、それなりに外出もしたけれど、外で顔を合わせることはなかった。

小夏とは、一度だけばったりと会った。友達と遊んだ帰りに、近所の道でランニング中の彼女と遭遇したのだ。

どちらにとっても初体験の相手であり、お互いの恥ずかしいところも知っている。直也は目一杯うろたえ、「ど、どうも」と頭を下げるので精一杯だった。

ところが、小夏のほうは少しも動じない。その場でタッタッとリズミカルな足踏みを続けながら、

「遊びに行ってたの？」

と質問した。

「あ、はい」

「ふうん。じゃあね」

短いやり取りのあと、笑顔で手を振って再び駆け出す。直也はその場に立ち尽くし、ショートパンツに包まれたヒップが遠ざかるのを、茫然と見送ったのである。

もしかしたら彼女にとって、初体験は新しい服をおろすぐらいに、何でもないことなのだろうか。あるいは、ただ、処女を捨てたかっただけで、相手は誰でもよかったのか。だから初めての相手と顔を合わせても、何とも思わないのかもしれない。

あとでそんなふうに考えて、直也は落ち込んだ。自分は一人前の男として見られていないのだと。

あの日、二回目のセックスを終えたあと、ふたりはしばらく床に寝そべって、まったりした時間を過ごした。恋人同士みたいに、何度もキスを交わして。そんな甘いひとときを経験し、直也は特別な存在になれたのだと、信じて疑わなかったのだ。

おかげで、ペニスも四度目の復活を遂げた。

「ちょっとオマ×コを使い過ぎちゃったみたい。ヒリヒリしてるから、またおクチでしてあげるね」

慈しむようなフェラチオをされ、愛されている実感がこみあげる。だが、そのまま口内発射をするのは忍びなく、最後は手でしてほしいとお願いした。出ているときにしごかれるのが気持ちいいから、射精してもやめないで続けてほしいとも伝えた。

年上の少女は「そうなのね」と納得し、直也に添い寝すると、猛るモノをリズミカルに摩擦した。

直也は与えられる快感に身悶えた。彼女が舌を入れる濃厚なくちづけをしてくれて、陶酔の心地にもひたる。間もなくオルガスムスに至ると、この上ない幸福感の中、水っぽいザーメンをほとばしらせたのである。

　ふたりだけの甘美な時間を思い返し、直也はいっそう悲しくなった。もう小夏と親密な交わりを持つことはできないのか。そう考えると、胸が締めつけられて苦しくなった。

　そのくせ、寝る前には小夏の甘酸っぱい吐息やトロリとした唾液、秘苑のかぐわしさも記憶に蘇らせて、オナニーに耽ったのである。

　向かいの涼花の部屋はカーテンが付けられ、今や覗くのは難しい。四六時中閉じているわけではないものの、彼女の着替えや、就寝時のあられもない姿は拝めそうになかった。恵令奈が言ったほどには、女子大生の長女は無防備ではないらしい。

　越してきたその日に涼花のオナニーを目撃し、翌日は恵令奈の前で射精して、顔面騎乗もされた。さらに、その翌日には小夏との初体験。

　エロチックな出来事が三日も続き、それがパタッとなくなったのである。高校への進学を控え、新しい家で日常を送りながら、もの足りなさは否めなかった。

（僕がこうなったのは、恵令奈ちゃんのせいだ）

　隣の美少女に翻弄され、完全に毒されてしまった。これはもう、責任を取ってもらわねばならない。

つまるところ、小夏が無理なら、恵令奈と淫らなことがしたかったのである。セックスを覚えたてで、性的な欲求も際限なく高まっていた。かと言って、本人に直接求めるなんてできない。根は真面目な優等生ゆえ、やらせろよなんて下品なセリフとは無縁だ。よって、自らの手で精をほとばしらせ、悶々とするしかなかったのである。

その日は両親とも仕事であった。ひとりで留守番をしていた午後に、来客を知らせるチャイムが鳴る。

直也は急いで一階に下り、インターホンのモニターを確認した。

(え？)

心臓が大きな音を立てる。映っていたのは隣の美少女、恵令奈だった。

「あ、はい」

とりあえずインターホン越しに返事をすると、彼女が不機嫌そうに顔をしかめる。

『いるんでしょ、直也。さっさとドアを開けなさい』

スピーカーから刺々しい声が流れる。直也は急いで玄関に走り、ドアのロックを解除した。

(じゃあ、今日は僕の部屋でいやらしいことを――)

期待にまみれつつドアを開ければ、外にいたのはひとりではなかった。

「遅いわよ」

尊大な態度で腕組みをした恵令奈は、薄手のパーカーにミニスカートという、シンプルながらもおしゃれな装いだ。その後ろに、キャメル色のブレザーにチェックのスカートという、制服姿の少女がいた。

(え、誰?)

身長こそ恵令奈より高いが、年は変わらないように見える。前の中学校で一緒だった友達なのだろうか。シャギーの入ったショートカットで、気後れしているのか俯《うつむ》きがちだけど、なかなかの美少女だ。

「ど、どうぞ」

とりあえず招き入れると、恵令奈は堂々と、もうひとりの少女は遠慮がちに玄関を上がった。

「紹介しとくね。この子はイトコのユウちゃん。エレナたちと同じ高校に入るのよ」

いとことというわりに、ふたりのあいだに壁があるように見えた。

(親戚なら恵令奈ちゃんがどういう子か知ってて、強く出られないんだな)

この子もワガママないとこに振り回されてきたのではないか。というより、いっそ恵令奈が彼女を支配しているふうでもある。小さい頃から上下関係が決まっていたのかもしれない。

(そう言えば、ユウちゃんって、なんとなく恵令奈ちゃんに似てるかも)

父方か母方か知らないが、血縁関係ならば不思議はない。気の強い美少女よりも、控え目ではかなげなユウのほうに、直也は好感を抱いた。

「二階に行くわよ」

恵令奈がさっさと階段を上がる。やはり直也の部屋へ向かうようだ。ビデオで盗撮したから、場所もわかっているのである。

ミニスカートの彼女は、相変わらず下着が見えても頓着しない。ひらりとめくれた裾から、純白のパンティが覗いたのを直也は目撃した。今回はわりとおとなしめなデザインのようだ。

「ほら、ユウちゃんも早く」

階段の上で振り返り、恵令奈が急かす。

呼ばれたユウは、戸惑う足取りでステップに足をかけた。後ろにいる直也を気にしてか、スカートのおしりのところを両手でおさえ、タッタッと素早く駆けあがる。そのとき、ミルクのような甘い香りがふわっと漂った。

直也は怪訝に思った。チェックのスカートは膝丈で、簡単に中が見えるわけではない。ワニみたいに、階段に伏せでもしない限りは。

ひょっとして、いかにも下着を窃視しそうな、いやらしい男子だと思われたのか。性的なことを求めていたのは事実でも、初対面の少女にすら警戒されるほど、飢えた顔をしていたなんて。

(だけど、どうして制服を着てるんだろう)

進学先の女子の制服は、上下とも紺のブレザーだ。そうするとユウが着ているのは、中学時代のものなのか。

格好もそうだし、どんな用件なのかも気に懸かる。直也は首をかしげつつ階段を上がった。

部屋に入ると、恵令奈は断りもなくベッドに腰掛けていた。同い年の少年の顔を見るなり、

「ちょっと、この部屋イカくさいわよ。毎日オナニーばっかりしてるんでしょ」

いきなり露骨なことを言われて、直也は焦った。

「な、なにを言ってるんだよ」

毎晩ペニスをしごき、香り高い精をほとばしらせていたのは事実である。しかし、他ならぬ彼女に忠告されたこともあって、出したものはトイレットペーパーで受け止め、すぐトイレに流している。ゴミ箱には丸めたティッシュなど残っていない。

まあ、連日の射精で、ベッドにザーメンの成分が染みついた可能性はある。自分が出したものだから、匂いに気がつかなかったのか。

すると、恵令奈が意地の悪い笑みをこぼした。

「やっぱりしてたのね、オナニー。でなきゃ、そんなにうろたえるはずないもの」

どうやらカマを掛けられたらしい。あっさりと引っかかったことが悔しくて、直也は顔を歪めた。ふたりっきりならまだしも、

（他の子がいる前で、そんなことを言わなくてもいいじゃないか！）

胸の内で非難し、ユウの様子を怖々と窺った。

おとなしそうな少女は、ふたりがいるほうとは反対側で、窓の外を見ていた。

会話こそ耳に入ったであろうが、関心を示す様子はない。

(恵令奈ちゃん、いつもこんな調子だから、まともに相手をするのは馬鹿らしいと思ってるのかも)

ならば、彼女の発言など本気にしてはいまい。直也はとりあえず安堵した。

「ところで、今日は何の用事?」

問いかけに、恵令奈は腕組みをして顎をしゃくった。

「ユウちゃんを直也に紹介してあげようと思って。同じ高校で、これから長い付き合いになるんだし」

どこか恩着せがましい物言いに、不吉なものを覚える。

(本当にそれだけなのか?)

たまたまユウが遊びに来たから、ついでにウチへ寄ったとも考えられる。しかし、他にも目的があるような気がしてならない。

「とりあえず坐って。ユウちゃんはこっち。直也は勉強机のところに」

直也は素直に従い、回転椅子に腰掛けた。ところが、ユウはモジモジして、なかなか恵令奈のそばに寄らない。

「ほら、早く。ここよ」

ベッドをポンポンと強めに叩かれ、ようやく足を進めた。

(なんか怯えてるみたいだぞ)

近づいたら、何かされると思っているのか。諦めた表情を見せつつも、ユウは美少女の隣に坐った。

「まったく、ちゃんと言うことを聞きなさい」

同い年のいとこにお説教をされても、何も言い返さない。こんな関係が、もうずっと続いていることが窺えた。

「ねえ、ユウちゃんに訊きたいことはない？」

恵令奈がこちらに向き直る。直也は「ああ、ええと」と質問を考えた。

「ユウさんも市内に住んでるんですか？」

「うん」

ユウが掠れ声で答える。風邪気味なのか、何度も咳をした。

「じゃあ、中学校は？　僕は五中だったんですけど」

「ワタシは二中」

「部活動は何をしてましたか？」

「……文芸部」

なるほど、いかにも静かに本を読むのが似合っている。少なくとも小夏みたいに、運動部で活躍するタイプではない。

「ねえ、そんなつまんないことしか訊けないの？」

横から恵令奈が口を出す。デリカシーのなさに、直也はムッとした。

「つまんないって、じゃあ、何を訊けばいいいんだよ」

「たとえばエレナとの関係とか」

「関係って、いとこじゃないの？」

「そういうんじゃなくって」

焦れったげに眉をひそめた美少女が、隣のユウに抱きついた。

「どのぐらい仲がいいのかってこと」

言われても、直也にはどういう意味なのかよくわからなかった。いとこ同士なら仲がいいのは当然だとしか思わなかったのだ。

「どのぐらいって？」

特に意図もなく確認しただけだったのに、直也は恵令奈の行動に度肝を抜かれることになった。

「たとえば、こんなこともしちゃうとか」

彼女の右手がユウのスカートの中に入り込む。

「あ、ダメ――」

焦って身をよじったユウが、次の瞬間、

「イヤぁ、あ、くうう」

顔を歪め、切なげな声を洩らす。白くて丸い膝小僧が、カクカクと上下した。

（な、何をしてるんだよっ！）

直也は驚愕し、怒りも覚えた。おとなしいいとこを辱め、愉しんでいるように見えたのだ。

ところが、ユウの表情に陶酔の色を認め、そうではないのだと悟る。彼女は明らかに快感を覚えていた。

（じゃあ、ふたりはレズだったのか）

デートをしたり、頰にキスをしたりといった、女の子同士のちょっと危ない関係なんてレベルではない。恥ずかしいところをまさぐり合う、本格的なレズビアンなのだ。

「ユウちゃんは、ここがキモチいいんだよね」

スカートの内側で、恵令奈の指は敏感なところを捉えているらしい。

「イヤイヤ、そこダメぇ」

ユウが抗う。けれど、肉体は悦びに翻弄されている様子だ。膝が離れて愛撫を受け入れ、瞼を閉じた面差しも蕩けていた。

長い睫毛が濡れているのは、恥辱の涙を滲ませたためだろうか。同い年なのに、大人びた色っぽさがあった。

コクッ——。

喉が鳴る。それが自分の立てた音だと気づくのに時間がかかったのは、目の前の淫靡な光景に心を奪われていたからだ。

(いやらしすぎるよ、こんなの……)

ブリーフの内側で、若茎がムクムクと膨張する。みっともないテントを見られないよう、直也は脚を組まねばならなかった。

そのとき、もしやと推察する。これは恵令奈の仕返しではないのかと。

小夏と交わったとき、彼女はほとんど蚊帳の外だった。直也にクンニリングスをさせて昇りつめたのみ。そのため気分を害し、部屋を出て行ったのである。

こうして親密な間柄の同性を連れてきて、愛撫するところを見せつけたのは、直也をあのときの自分と同じ状況に置いて、悔しがらせるためではないのか。あんたは指を咥えて見てなさいと、蔑まれている気がする。

しかし、そうではなかった。

「ほら、直也もこっちに来なさい」

恵令奈に呼ばれて「え？」となる。

「あんたもいっしょに、ユウちゃんをキモチよくしてあげるのよ」

それまで陶酔の面持ちを見せていたユウが、ハッと我に返る。いとこを見つめる泣きそうな目は、それだけは許してと訴えているかに見えた。

もちろん、恵令奈に通じるはずがない。

「さあ、早く」

居丈高な命令に、直也が椅子から腰を浮かせたのは、女同士のエロチックな戯れに魅入られていたからだ。美少女とふたりがかりで同い年の少女を弄ぶことに、ためらいもほとんど感じなかった。

ユウを真ん中にして、三人が横並びになる。階段の下でも嗅いだミルクのような匂いが強まり、直也はうっとりして鼻を蠢かせた。

(なんていい匂いなんだろう)

恵令奈や小夏以上の、女の子らしいかぐわしさ。コロンか何かを使っているのだろうか。

「キレイな脚してるでしょ」

ユウのスカートをずらして、恵令奈が同意を求める。

色白の太腿は肉づきこそ控えめながら、肌は見るからになめらかだ。産毛すら見当たらない。脱毛しているのかもしれないが、毛穴はまったく目立たなかった。

「うん。綺麗だ」

納得してうなずくと、「さわってみて」と言われる。

（いいのかな？）

ここに来てためらいが頭をもたげたのは、下着が見えそうなところまで美脚をあらわにされた少女が、泣きそうな顔で下唇を噛んでいたからだ。同級生になる少年少女からいいようにされ、屈辱を覚えているのか。

そのわりに抵抗する素振りを見せない。とっくに諦め、この状況を受け入れているようである。

拒まれたらやめるつもりで、直也はそろそろと手をのばした。本心では、触れたくてたまらなかったのだ。

指を揃えた手を、大腿部にそっと載せる。

「あ──」

ユウが小さな声を洩らし、からだをピクッと震わせた。

(うわ、本当にスベスベだ)

直也は感動した。恵令奈や小夏とふれあったときも、女の子の肌のなめらかさにうっとりさせられたが、ユウはそれ以上だ。これでお肉もたっぷりだったら、間違いなく揉みまくっていただろう。

そこまでのボリュームはなかったから、柔肌をすりすりと撫でる。

「ううン」

ユウが声を殺して呻く。感じているのだ。恵令奈の手は股間に差し込まれたままであったから、秘園はじっとりと湿っているのではないか。

「ユウちゃん、すっごくコーフンしてるみたい。直也に太腿を撫でられて、キモチいいんだね」

美少女が含み笑いで報告する。

(僕の手で感じてくれてるのか)

嬉しくなり、もっとあちこちさわりたくなる。直也自身も激しく昂り、ズボンの前が猛る分身で盛りあがった。

「ほら、ユウちゃんもお返しをしなきゃ。どこをさわればいいのか、ちゃんとわかってるわよね」

恵令奈に命じられるなり、直也側にあったユウの手が動く。迷いなく進んだ先には、股間のテントがあった。

（え、え？）

直也はうろたえた。疼くところを握ってほしかったのは事実ながら、それはあまりに酷ではないかと思えたのだ。

（ユウさんって、レズじゃなかったのか？）

女の子が好きなら、男のからだに触れたがらないはず。

もっとも、恵令奈は直也のペニスを握り、クンニリングスもさせたのだ。本当のレズビアンではない。それと同じで、ユウも男女かまわず性的なふれあいができるというのか。

（そういうのってバイセクシャルっていうんだよな）

多様な性について学習したときに知った言葉を思い出す。そのとき、白くて綺麗な手が牡の高まりを握り込んだ。

「ううう」

ズボン越しのタッチにもかかわらず、膝が笑うほどに感じてしまう。それだけ期待が高まっていたからだろう。

「ユウちゃん、どう。ボッキしてる?」

「……うん」

うなずかれて、頬が熱くなる。その部分がどうしようもなく脈打つところも、初対面の少女に知られているのだ。

「直也、脱ぎなさい。ズボンとパンツ」

恵令奈の命令に、躊躇したのはほんの刹那であった。ふたつの衣類を介してもこんなに気持ちいいのである。直にだったらどれほどのものかと考えたら、恥ずかしさは二の次であった。

名残惜しかったが太腿の手をはずし、素早く下半身のものを脱ぎおろす。気が逸っていたために、ズボンとブリーフをまとめて。

ぺちり――。

ゴムに引っかかって反り返った秘茎が、下腹を勢いよく叩く。早くも鈴口に透明な雫が溜まっており、昂奮の著しさを物語っていた。

「すごい……」

ユウがつぶやく。視線は真っ直ぐに、いきり立つ牡棒に向けられていた。

(前にも見たことがあるみたいだぞ)

彼女が少しも怯まないものだから、そうに違いないと直也は悟った。ズボン越しとは言え、ためらいもなく男性器に触れたから、経験も豊富らしい。

いかにもおとなしく、純情そうに見えたため、いやらしい行為とは無縁だと決めつけていた。そうではないとわかって安心すると同時に、モヤモヤした感情も湧きあがる。

(女子って簡単に体験しちゃうんだな)

おかげでいい目にあい、童貞も卒業できたのだ。そのくせ、もっと自分を大切にしてほしいと、優等生らしい思いも捨てきれなかった。

だが、脈打つ屹立を握られたことで、内なる矛盾などどうでもよくなる。

「あ、ああっ」

直也は堪えようもなく喘ぎ、ベッドに後ろ手をついてのけ反った。下半身のみすっぽんぽんの、みっともない格好で。

筒肉に、たおやかな指が巻きついている。程よい力加減で圧迫され、目のくらむ快美が体幹を伝った。

（これ……よすぎる）

昂奮していたのは確かながら、握られただけでここまで感じるなんて。

「どう、硬い？」

恵令奈の質問に、ユウが「すごく」とうなずく。それから、

「ちょっとベタベタしてる」

つぶやくように言ったものだから、直也は耳まで熱くなった。

昨日の晩、風呂に入ってから、だいぶ時間が経っている。外出せず家にいたけれど、股間はどうしても蒸れやすい。それに、寝る前にはオナニーもしたのだ。

もっとも、ユウは特に嫌悪を示していない。悩ましげに眉根を寄せ、小鼻をふくらませる。たち昇る牡の匂いを嗅いだのだろうか。

「じゃあ、シコシコしてあげて」

いとこに命じられるまま、彼女は握り手を上下に動かした。

「ああああっ！」

直也は大きな声をあげ、ベッドに背中から倒れた。坐っていられないほどの、強烈な快感が生じたのである。

手の施しは恵令奈にもされたし、小夏はフェラチオもしてくれた。ユウの愛撫

はそれ以上に快く、からだのあちこちがピクッ、ビクンと反応する。

「なによ、エレナがしたときよりも感じてるみたいじゃない」

不満げに口許を歪めた美少女であったが、

「ま、ユウちゃんは慣れてるもんね」

しょうがないかという顔でうなずいた。

ユウの手コキは、いかにも慣れているふうであった。力加減から振れ幅、包皮の使い方も巧みで、してもらいたいことを洩れなく実践してくれる。

おかげで、直也は急角度で上昇した。

「うう、も、もう」

早くも危ういことを口にすると、手の動きが止まる。

「え、出るの？」

おとなしそうな少女が困惑を浮かべ、根元を強く握った。イキそうになったとわかってくれたようだ。

ところが、恵令奈は非情であった。

「やめちゃダメよ」

「え？」

「そのまま続けなさい。精液を出すまで」

なんと、射精させるよう促したのである。

（そんな――）

直也とて、気持ちよくほとばしらせたいのは事実である。だが、今日会ったばかりの少女に、いきなり最後まで導かれるなんて。

ユウは言われるままであった。「わかった」とうなずき、上下運動を再開させる。握りを強め、速度もあげたから、明らかにイカせるつもりなのだ。

「ああ、だ、ダメだってば」

腰をよじって訴えても無駄であった。

「オチ×チンをギンギンにさせてるくせに、なに言ってるのよ」

恵令奈が嘲笑する。事実その通りだから反論できない。

おまけに、彼女もユウの反対側に移動して加わり、牡の急所を揉み撫でたのである。ふたりで白濁液が飛び散るところを見物するつもりらしい。

「あ、あ、あ」

甘美な二箇所責めに、いよいよ忍耐が役立たずになる。股間を中心に、下半身が痺れる感覚があった。

（もう限界だ……）

どうにでもなれと諦めたら、若茎がさらにふくらんだ気がした。脈打ちも著しい。程なく、めくるめく瞬間が訪れた。

「うう、出る」

呻いて、目の奥に歓喜の火花を散らすなり、亀頭が温かく濡れたものに包まれた。

（え？）

驚いて頭をもたげた直也が目撃したのは、牡の漲りを咥えたユウの横顔であった。

「あああ、ちょ、ちょっと」

焦ったところで、走り出した愉悦は止まらない。ベッドの上で腰をはずませ、最初の飛沫を勢いよく放った直也は、

「くぉおおおおっ！」

これまでに出したことのない雄叫びをあげ、意識を飛ばしかけた。ユウが勃起を強く吸ったのである。それも、ザーメンがほとばしるのに合わせて。

びゅるッ、びゅるんッ——。

二陣三陣が尿道を通過するときにも、彼女は脈打ちに同調して吸茎する。そのせいで射精の速度が増したのか、快感がこれまでになく大きかった。口許からはみ出した筒肉が、指の輪でしごかれ続けていたためもあったろう。

「ああ、ああ、あああ」

馬鹿みたいに単調な声を洩らしながらも、

（……僕、どうなるんだ？）

直也が恐怖と紙一重の気分にひたったのは、この世の終わりみたいな強烈な歓喜を味わったからである。ペニスのストローで、体内のエキスをすべて吸い取られる心地すらした。

ありったけの精を飛ばしたあとも、オルガスムスが長く続いた。からだのあちこちが感電したみたいにわななき、全力疾走のあとみたいな呼吸が、なかなかおとなしくならなかった。

ようやく嵐が去ると、直也はぐったりしてベッドに沈み込んだ。

ユウは根元からくびれにむかって強くしごき、鈴口から溢れた残滓も貪欲にする。ダメ押しの悦びを与えられ、腰がガクンと跳ねた。

「ううう」

もう勘弁してほしいと、呻き声で訴える。

秘茎から唇がはずされる。いつもはすぐ萎えるのに、勃起をキープしていたのは、しなやかな指に刺激を与えられていたからだ。ユウもそうだが、恵令奈も陰嚢を揉み続けていたのである。

「よっぽどキモチよかったみたいね。出るときにキンタマがキュウッてなったのがわかったもの」

露骨なレポートに反応する気にもなれず、直也は眉根を寄せただけであった。

「ねえ、いっぱい出た？」

従妹の問いかけに、ユウはすぐに答えなかった。口内発射されたものを吐き出さなければ喋れまい。

（あ、ティッシュを）

気怠い余韻にまみれつつ、ボックスを渡そうと身を起こしかけたとき、同い年の少女が天井を向いた。

「ん……」

小さな声を洩らし、喉を上下させる。口を開け、「はあー」と息をついた。

（僕のアレ、飲んだの？）

小夏の口にも少し洩らしてしまったが、ユウは射精のすべてを受け止めたのである。かなりの量が出たはずなのに。

「直也の精液、飲んじゃったのね。美味しい？」

「……わかんない」

いとこ同士のやり取りにも、直也は居たたまれなさを募らせた。

2

「じゃあ、今度は直也がお返しをしなくっちゃ」

恵令奈に言われてハッとする。

絶頂後の虚脱状態にあった直也が、すぐさま身を起こしたのは、いよいよユウの恥ずかしいところが見られると察したからだ。期待が高まったことで、下半身まる出しのみっともない格好でいることも、どうでもよくなった。

「ユウちゃん、エレナたちの前に立って」

いとこの命令に、ユウは唇を歪めつつも従った。ベッドから腰を浮かせ、直也と恵令奈の前に進む。向き合ったところで、

「スカートをめくって」

次の指示に、細い肩がピクッと震える。それでも拒むことなく、チェックのスカートを摑むと、ゆっくりとずりあげた。

色白の美脚があらわになる。可愛い膝小僧に続き、すっきりした太腿もあらわになった。

いよいよ裾から下着が覗く。ピンク色のパンティらしい。

「そこでストップ」

恵令奈が声をかける。まだクロッチの一部しか見えていないのだ。直也は大いに不満で、横目で彼女を睨んだ。

けれど、彼女がこちらに視線を向けたものだから、焦って顔を背ける。

「ユウちゃんのパンツ、見たいの？」

こんな状況で焦らすつもりなのか。

「そりゃ……」

「だったら、自分でめくれば？」

言われて、さすがにそれはと怯む。しかし、自分もユウに脱がされたのだ。要はおあいこなのである。

ならばかまうまいと、直也は手をのばした。スカートの裾を摘まみ、そろそろとめくる。

「うう」

羞恥の呻きが聞こえたが、かまわずに進める。優等生の直也は、女子のスカートをめくるなんて初めてだった。

ぷっくりと盛りあがった股間があらわになる。小夏のここもこんな感じだったなと思い出した。

（あれ？）

程なく違和感を覚える。薄物に浮かびあがる形状が、愛らしい異性と相容れないものだったのだ。

（これって――）

顔から血の気が引く。これ以上見てはいけないと脳から命令が発せられたのに、なぜだか手が止まらなかった。

ユウが穿いていたのは、シンプルな木綿のパンティだ。清楚な桃色で、前のところに小さなリボンがついただけの、ごくシンプルな下着。

そして、伸縮性のある布は前面が大きく隆起して、内側にあるものの形状を浮かびあがらせていたのである。

「クックッ」

堪えきれないふうに、恵令奈が笑みをこぼす。それを耳にするなり、猛烈な嫌悪と吐き気がこみあげた。

（ユウさんは男じゃないか！）

自分は同性に欲情し、あまつさえペニスをしゃぶられ、射精したのである。そういう趣味のない身には、これ以上はないショックであった。

すべて恵令奈の罠だったのだ。

「ひ、ひどいじゃないか。僕を騙して――」

ようやくスカートの裾から指をはずし、直也は恵令奈に食ってかかった。

「え、何が？」

美少女がしれっとして小首をかしげる。

「ユウさんに女の子の格好をさせて、僕にいやらしいことをさせるなんて」

「それのどこがいけないの？」

真っ直ぐな反論に、直也は言葉を失った。

「ユウちゃんはこんなにカワイイんだし、男か女かなんて関係ないじゃない。現に、直也はユウちゃんにシコシコされてすごく感じてたし、フェラされていっぱい射精したんでしょ？　つまり、男とか女とか関係なく、ユウちゃんに魅力を感じてたってことじゃない」

それは屁理屈だと思いつつ、返す言葉が見つからない。実際、スカートをおろしたユウは、可憐な少女そのものだ。さっき目の当たりにした牡の証も、見間違いだったのではないかと思えてきた。

「もっとこっちに来て」

手招きされ、ユウは怖ず怖ずと前に進んだ。居丈高な従妹のすぐ前に。

「ユウちゃんの恥ずかしいところ、直也にいっぱい見てもらいなさい」

恵令奈は女装少年のスカートの中に両手を入れると、ピンクの薄物を一気に足首までずり落とした。

「あん」

ユウが声を洩らし、腰を引いて前屈みになる。脱がされるときにパンティのゴムが亀頭に引っかかり、刺激されたのではないか。

制服姿で足首に可憐な下着を絡ませた少女——少年に、直也はときめきを抑えきれなかった。

（僕、どうなっちゃったんだ？）

見た目は完全に女の子。だけど、スカートをめくれば、そこには男の象徴である肉器官があるのだ。おそらく勃起したモノが。

美少女の股間に隆々と聳え立つペニス。醜悪でしかないはずの姿を思い浮かべただけで、モヤモヤした感情がふくれ上がる。ついさっき感じた嫌悪や吐き気とは、真逆のものだった。

「ユウちゃん、スカートをめくって」

恵令奈の命令に、直也はナマ唾を飲んだ。隠されているところがどうなっているのか、見たくてたまらなくなっていた。

「うう」

ユウが羞恥の呻きをこぼすのにも、大いにそそられる。彼女をイジメたい衝動にも駆られた。

「ほら、早く！」

強い口調で命じられ、制服の偽少女が身を屈める。今度はスカートの裾を摑んで、気をつけの姿勢に戻った。

肌の白さとなめらかさの際立つ太腿が、付け根近くまであらわになる。肉づきこそ薄くても、男だなんてとても信じられない。さっき触れた感触も思い返し、直也はますます悩ましくなった。

ユウが肘を曲げる。スカートがさらにめくれて、いよいよその部分が現れた。

最初に視界に入ったのは、ぷっくりした陰嚢であった。毛は生えておらず、萎んだ風船みたいなシワが刻まれている。

(やっぱり男なんだ……)

これだけ可愛いのだし、男なんてあり得ないという思いはずっとあった。パンティの股間が盛りあがっていたのだって、それっぽい何かを入れて騙そうとしたのではないかと。

恵令奈なら、そういう悪趣味なことをやりかねない。今見えている玉袋も、よくできた作り物だという疑いを拭い去れなかった。

だが、下腹にへばりつくほどに反り返った秘茎が晒され、やはり本物なのだと思い知らされる。ビクンビクンとしゃくりあげるそれが偽物だとすれば、よっぽど精巧なマシンか、CG以外に考えられないからだ。

(ユウさんのペニス……)

同い年なのに、直也のモノより大きいようだ。正面から見るため、そう感じるのか。

ただ、色素の沈着は薄い。削っているのか、陰毛がないために、やけに痛々しく映った。

おまけに、亀頭もミニトマトみたいに赤い。それだけに敏感そうである。

「こんなにギンギンにしちゃって」

恵令奈から蔑む眼差しを向けられ、その部分がさらにふくらんだようだ。視線と辱めの言葉が、彼を昂らせたのであろうか。

美少女の手がのばされ、そそり立つ肉棒を握る。

「ああっ」

ユウが声をあげ、膝をカクカクと揺らした。

「オチ×チン、鉄みたいに硬いじゃない。エレナはちょっとしかさわってないのよ。なのに、こんなになってるってことは、直也のをシコシコして、フェラもしたからコーフンしたのね」

「あ、あ、ダメぇ」

恵令奈が手を動かしたものだから、女装少年は泣きそうに顔を歪めた。

「何がダメなのよ。本当は男なのに、オチ×チンをおしゃぶりして喜ぶヘンタイのくせに」

いとこに罵られて目を潤ませるユウに、直也は昂りを抑えきれなかった。

（……これ、すごくいやらしい）

いきり立つ筒肉が示すとおり、彼は男なのだ。なのに、シンボルを目の当たりにしても、同性という感じがしない。まったく別の性別か、一番しっくりくるのは、ペニスの生えた女の子であった。

とは言え、実際は男の子。さっきユウにペニスをしごかれて、あんなに感じたのも納得がいく。どこをどうすれば快いか、同性ゆえにちゃんとわかっていたからだ。

そう言えば、射精したときにも強く吸われ、からだがバラバラになりそうな凄まじい快感を与えられた。あれも、こうされたら気持ちいいと思っていたことを、彼が試したのではないか。

「そんなにしないで。出ちゃうから」

スカートをめくりあげたまま、ユウが切なげに身をよじる。恵令奈にしごかれ、早くも頂上を迎えそうになっているらしい。

事実、はち切れそうに膨張した亀頭を、透明な先汁が伝っていた。

「いつも自分でシコシコしてるんでしょ。そのわりに、オチ×チンは綺麗な色だけど。直也のはもっと黒ずんでるのに」

いちいち比較しなくてもいいのにと、直也は内心で憤慨した。オナニーをするようになってから、徐々に色が濃くなったのは確かなのである。

もっとも、ユウもオナニーをしているようながら、性器の色合いは異なる。太腿もスベスベだったし、これが個人差というやつなのか。

「じゃあ、ユウちゃんのこと、いろいろと教えてあげる」

牡の猛りを握ったまま、恵令奈が語り出す。

ユウの本名は広瀬優希《ひろせゆうき》。母方の従兄だという。学年は同じでも、恵令奈は早生まれだから、優希のほうがお兄さんになる。もっとも、力関係は丸っきり逆だが。

優希はもともと気が弱く、がさつな少年たちを敬遠して、仲のいい友達はほとんど女子だったそうだ。

小学生時代は、そのことを男子たちにからかわれた。先生も男らしくなりなさいと味方になってくれなかったものだから、彼は学校へ行くのが苦痛になったという。休みがちになり、同じ小学校の子たちから離れるため、中学は越境入学したそうだ。

その後は身の振り方を学び、学校内でもうまくやっていけるようになったとのこと。一方、家庭では、

「ユウちゃんはヘンタイだもんね。女の子の格好をするのが好きで、女の子になった自分を鏡に映して、オナニーしてるんだから」

恵令奈の決めつけを、優希は否定しなかった。悔しげに口許を歪めたから、どうやら事実らしい。

けれど、たとえそうであっても、直也は変態だとは思わなかった。

(僕も優希さんぐらい可愛かったら、同じことをしちゃうかも)

見た目は丸っきり女の子なのに、股間だけが男の子。性の境界があやふやな姿に魅せられていたから、共感してしまったようだ。

「恵令奈ちゃんは見たの？　優希さんが女の子の格好でオナニーしてるとこ」

質問に、彼女は「そうよ」と答えた。

「夏休みに伯母さんの家に泊まったんだけど、夜中に起きたらユウちゃんの部屋から明かりが洩れてて、覗いたらこの格好をしてたのよ。スタンドミラーの前で、おっきくなったオチ×チンをシコシコしてたわ。ものすごくうっとりした顔で」

「うう」

優希が呻く。恥ずかしいところを従妹に目撃されたショックが蘇ったらしい。

「恵令奈ちゃんはどうしたの？」

「どうしたも何も、ユウちゃんが誰にも言わないでってお願いしてきたから、代わりに観察させてもらったわ。男の子のオナニーと、射精するところを」

恵令奈は女装した従兄によって、男のカラダを学んだというのか。

「ひょっとして、恵令奈ちゃんも優希さんのをさわったの」

「まあね。オチ×チンをいじって精液を出させるのって、けっこう面白いから」

だから直也に対しても、あれだけ奔放に振る舞えたのだ。もともと好奇心旺盛で、性的なことへの関心が高かったのは間違いないだろうが。

「この制服、ユウちゃんのお姉ちゃんのなんだよね」

恵令奈はさらに、優希が女装をするに至った理由も話した。

「スズ姉の一つ上で、関西の大学にいるんだけど、ユウちゃんはお姉ちゃんが大好きなの。学校へ行きづらくなったときも、お姉ちゃんだけは庇《かば》ってくれたんだよね。それに、中学校にあがったらどうすればいいのかも教えてくれて、だから不登校にならずに済んだんだって」

そんなに優しい姉なら、慕うのは当然である。

「だけど、滅多に帰らないから寂しくて、お姉ちゃんの部屋に忍び込んで、残した制服やベッドの枕をクンクンしてたんだって。制服はクリーニングしたから、匂いなんて残ってないのに」

あるとき、優希は思い立って、姉の制服を着てみたという。姉弟は顔立ちが似ていたから、自らを姉の代わりにしようとしたらしい。

そして、鏡に映った自分に衝撃を受ける。顔立ちが幼く、髪型も違っていたが、それは愛しい姉の分身そのものであった。

優希は、姉にいっそう近づくべく、下着も漁って身につけた。

小さくて柔らかなパンティを穿けば、ペニスを優しく包み込まれる感触と、愛しい姉との一体感で、胸の鼓動が激しくなった。それが性的な昂りだと意識せぬまま、硬くなった分身をパンティ越しにいじっていたら、経験したことのない快美がからだを貫いた。

それが彼の、初めての射精だった。

姉が残した衣類をまとっての精通は、一年半前。優希は中学二年生だった。恵令奈に見つかったのは、オナニーを覚えて一週間も経っていないときだったという。

以来、優希は恵令奈のアドバイスを受け、ショートでも女子っぽい髪型に変えた。メイクでいっそう愛らしくなり、しぐさや声も研究して、女の子に近づけたそうだ。

おかげで、ここまでの美少女に変身できるまでになった。だからこそ、直也も女の子だと信じて疑わなかったのである。

優希が恵令奈の言いなりなのも、当然と言える。秘密を握られているというより、共有しているからだ。

優希のほうは彼女のおかげで女装が完璧になり、恵令奈は彼を弄ぶことで、男の仕組みを理解した。要は利害が一致したわけであり、持ちつ持たれつとも言える。

「これまでは連休のときぐらいしか会えなかったけど、引っ越して家が近くなったし、同じ高校だから前よりも楽しめるね」

恵令奈が嬉しそうに口許をほころばせる。一方、優希は複雑な面持ちだ。怖いもの知らずの従妹から、校内で妙なことをさせられるかもしれないと、今から怯えているのではないか。

（まあ、恵令奈ちゃんならあり得るけど）

直也は彼の心中を慮った。

「それに、仲間も増えたことだし」

意味ありげな流し目を美少女に向けられ、ギョッとする。自分も共犯にさせられるのだろうか。だが、優希といやらしいことができるのなら、願ったり叶ったりだ。

「ほら、今度は直也が、ユウちゃんをキモチよくしてあげるのよ」

屹立から指をはずした恵令奈が、スカートをめくったままの女装っ子を横へ移動させる。直也の正面へと。

コクッ——。

思わず喉が鳴る。隆々とそそり立つ牡器官を真ん前に捉え、あやしいときめきに直也は今さら戸惑った。

(どうして変な気持ちになるんだろう……)

同性の性器なのである。自分にもあるモノだし、恋愛対象も女の子だ。特定の男子を意識したこともない。プールの着替えや、修学旅行の入浴のときに、クラスメイトのその部分が目に入っても、特に何とも思わなかった。

(勃起してるから、こんなにドキドキするんだろうか)

それは否定できないが、やはりそこ以外は完璧な少女であるがゆえに、猛々しい器官に注目せずにいられないのだ。

漂ってくるのも、ミルクのような甘ったるい香りだ。毛がないから清潔感もある。

「これ、剃ってるんだよね?」

顔を見あげて質問すると、優希は困ったふうに眉根を寄せた。

「脱毛してるのよ。そのほうがカワイイから。キンタマの毛も全部、エレナがワックスで処理してあげてるの」

横から恵令奈が説明する。剃り跡が見当たらないのは、根元から抜いているためなのだ。

(恵令奈ちゃん、自分の毛が薄いから、優希さんをツルツルにしてるのかも)

彼女の愛らしい割れ目を思い出し、悩ましさが募る。性器そのものはあどけないのに、ここまでいやらしい女の子になったのは、ユウとのいけない戯れがきっかけだったのかもしれない。

「恵令奈ちゃんって、僕と優希さん以外のペニスをさわったことあるの?」

気になって訊ねると、恵令奈がギョッとした顔を見せる。間を置いて、

「そ、想像に任せるわ」

曖昧な返答をし、目を落ち着かなく泳がせた。

（……ないんだな）

直也は察した。彼女の性格からして、他にも男を知っていたら、《当然でしょ》と勝ち誇るに違いない。彼氏なんて何人もいたとうそぶくぐらいなのだから。

それにしたところで、せいぜい仲のいい男子ぐらいの意味ではなかったのか。その子たちとどこまでの関係だったか言葉を濁すなど、思わせぶりな態度を示したのだって、実は言うほどのことをしていないからだろう。

パンチラを見せられたり、目の前でオナニーをさせられたり、恵令奈には初っ端から振り回されてきた。そのため、早熟で経験豊富だと決めつけていたのだ。けれど、小夏との初体験では、彼女は完全に置いてきぼりを喰っていた。直也に顔面騎乗して、クンニリングスをさせたのが関の山で、最後はあの場から逃げるように退散したではないか。

優希や直也を好奇心の赴くままに支配しても、恵令奈はまだバージンなのである。直也は確信した。べつに男を取っ替え引っ替えしてきたわけではなく、口ほどにはすれていないと。

まあ、他の女子と比べれば、充分すぎるほど進んでいるのだろうが。

「エレナのことはいいから、さっさとユウちゃんのチ×チンをシコシコしなさいよ」

睨まれて、「わかったよ」と手をのばす。隆々と聳え立つ男根に指を回しても、抵抗されなかった。

恵令奈にしごかれたあとだから、筒肉はわずかにベタついている。それも厭ではなく、むしろ親近感が湧いた。

「あっ、あ──」

優希が喘ぎ、腰を引いて前屈みになる。上目づかいで確認すれば、クンニリングスをされて感じたときの小夏と同じ表情をしていた。

そのため、もっといやらしい声を聞きたくなる。

さっきは同性ゆえのツボを心得た愛撫で、狂おしいまでの悦びを与えられた。自分だって同じように、彼を感じさせられるはずである。

握った手を上下させると、優希の膝が崩れそうにわなないた。

「イヤ、あ、ダメぇ」

丸っきり女の子の反応ながら、股間についているのは男の子のペニス。しかも手に逞しい脈打ちが伝わってくる。

（僕のよりちょっと大きいかな）

愛らしい面立ちとのギャップで、いっそう卑猥に感じられる。

いつもオナニーでしているように、包皮を上下させて間接的に亀頭を刺激する。

優希もそうやってしごいてくれたし、やり方は一緒なのだ。

クチュクチュ……。

透明な粘液が包皮に巻き込まれて音を立てる。女の子らしい甘い香りに、ほんのり海産物っぽい青くささが混じりだした。

けれど、少しも不快ではない。これだけ可愛ければ、男だろうが女だろうが関係ないと、そんな心持ちになっていた。

「ううう、あ、ヤダぁ」

切なさをあらわにしたよがり声にも煽られて、直也は一心に硬肉を摩擦した。

そのまま絶頂まで導くつもりで。

ところが、

「うあ、あああ、だ、ダメ——」

優希が膝を折り、坐り込んでしまう。直也はやむなく手を離した。

「え、どうしたの？」

　恵令奈が驚いた顔で目を丸くする。

「……気持ちよすぎて立ってらんない」

　ハァハァと息をはずませる彼は、紅潮した亀頭から透明な露を滴らせていた。早くも射精しそうだったのではないか。

「エレナがシコったときには、ここまで感じなかったのに。やっぱり男の子同士だから、どうすればキモチいいのかわかってるのね」

　さっき、直也がたちまち昇りつめたことも含めて言っているのだろう。

「ていうか、もうボッキしてるじゃない」

　恵令奈があきれた顔を見せる。その視線を追って下半身を見た直也は、頬を火照らせた。いつの間にか分身が、ピンとそそり立っていたのだ。

「まったく、ふたりともヘンタイね」

　自分がこの状況をしつらえておきながら、酷い言いぐさである。もっとも、彼女は直也をからかいたかっただけで、少年同士がここまで同調するのは予想外だったのかもしれない。

（優希さんは僕のこと、どう思ってるのかな……）

ふと疑問が湧く。直也は見た目やしぐさの愛らしさに惹かれたのであるが、彼のほうはどうしてペニスを愛撫してくれたのだろう。

優希は女装することで、大好きな姉を自らの中に見出したのである。もともと同性が好きで、女の子になろうとしたわけではない。恵令奈にさわられてエレクトしたから、普通に異性が好きなのだ。

そうすると、心から少女になりきったために、男を相手にできるようになったというのか。

「ユウちゃんはベッドに寝なさい。いいよね？」

了解を求められ、直也はすぐさまうなずいた。新しいベッドだから、たとえ友達であっても、男に使わせるのはためらったであろう。だが、キュートな女装少年なら、まったく問題はない。

「上着とスカートは脱ぎなさい。シワになっちゃうから。あとパンツも」

言われたとおりに制服を脱ぎ、優希は襟元にリボンを結んだブラウスのみの格好になった。それでも、女の子らしさは少しも失われていない。胸こそほとんどふくらんでいないが、この年頃なら珍しくない。

仰向けに寝そべると、彼はすぐさま瞼を閉じた。下半身すっぽんぽんだから、恥ずかしかったのだ。

そのくせ、ペニスはいきり立ったままである。

直也と恵令奈は、優希の腰を挟んで両側に坐った。ベッドはセミダブルサイズだから、少々窮屈だ。

「じゃあ、シコってあげて。ちゃんと射精するまでね」

「うん」

「あ、その前にフェラしてあげて」

言われて、直也がドキッとしたのは、密かにしたいと思っていたからだ。胸の内を見透かされたのかと驚いたのである。

そのため、すぐさま了解せず、渋る表情をこしらえる。

「直也もしゃぶってもらったんだから、しないとフェアじゃないでしょ」

案の定、非難される。しゃぶられたというより吸われたのであるが、口の中に精液を出したのは事実だ。

ともあれ、これで強制されたからという言い訳が立つ。

「わ、わかったよ」

しょうがないというフリを装いつつ、反り返る若茎を握って上向かせる。

「ううっ」

優希が呻き、裸の腰を震わせた。シンボルの脈打ちが著しい。ふたりのやりとりを聞いて、期待がこみあげているのだろうか。

赤く腫れた頭部に顔を寄せる途中、直也の胸にためらいが生じた。牡の性器に口をつけることに抵抗を覚えたわけではない。どうしてこんなことができるのだろうと、自らの心境に疑問を覚えたのだ。

(僕、ゲイになっちゃったんだろうか)

いや、女の子にしか見えない少年のモノだから、舐めてみたくなったのである。どんなふうに感じてくれるのか、考えるだけでわくわくした。

いよいよというところまで近づくと、男の子の匂いが強くなる。それに怯むことなく、直也は張りつめた粘膜をペロリとひと舐めした。

「あひっ」

声をあげた優希が、腰をはずませる。息づかいも荒い。

(ちょっと舐めただけなのに、そんなに気持ちよかったのかな)

あるいは初めてなのかと思い、顔をあげて恵令奈に訊ねる。

「優希さんにフェラしたことあるの?」

「あるわけないでしょ」

キッと睨まれて首を縮める。知識や好奇心に見合うほどには経験していないのだ。

つまり、これが優希にとって初めてのフェラチオなのである。する立場で言えば、直也もそうなのであるが。

（だったら、すごく感じるんじゃないかな）

自分も小夏にされたとき、ペニスが溶ける気がして身悶えた。あれと同じ快感を、女装少年にも味わわせてあげたい。

オナニーをするとき、直也は小夏とのセックスや、シックスナインを思い返した。もちろんフェラチオも。硬くなった分身を右手で摩擦しながら、こんなふうにしゃぶられたいとも夢想した。

今はそれを、施す側として実践できる。きっと感じてもらえるはずだ。

直也は胸を高鳴らせながら、逞しい肉器官を頬張った。

「はああっ」

嬌声が耳に届いた。同時に、口の中で強ばりがしゃくりあげる。

わずかな塩気を感じるぐらいで、味らしい味はない。牡の青くささが喉の奥から鼻に抜けたが、なぜだかうっとりさせられた。

(僕、女の子のペニスを口に入れてるんだ)

直也は確信した。優希は少年ではなく、牡の性器を持った美少女なのだと。だからこんなことができるのである。

ふくらみきった亀頭に舌を這わせ、くびれの段差も狙う。自分が感じるところを丹念にねぶれば、「イヤイヤ」と抗う声が聞こえた。

「ダメ……し、しないでぇ」

同性にしゃぶられるのが厭なのかと、直也は心配になった。そうではないと、恵令奈の言葉で知る。

「ユウちゃん、すごくエッチな顔してる。直也にフェラされて気持ちいいのね」

実際、秘茎はいっそう硬くなり、さらにふくらんだようでもある。嫌悪感があったら萎えたはずだ。

自信を得て、直也はより大胆に舌を躍らせた。ピチャピチャと音が立つほどに。

「あ、あ、ホントにダメ……出ちゃう」

言われずとも、終末が近いのはわかっていた。粘っこい汁が多量に溢れ、肉根の脈打ちも著しくなっていたからだ。

そのままザーメンを口で受けてもよかったのである。お返しというわけではなく、優希のエキスを飲みたくなっていたのだ。また、口の中でほとばしる感じも味わってみたかった。

なのに直也が顔をあげたのは、射精する場面を見たかったからである。愛らしい少女が切なげに身悶え、白濁のエキスをどぴゅどぴゅと飛ばすところを。

「ふはっ、ハッ、はあ」

絶頂を回避して、優希が息を荒ぶらせる。恵令奈が言ったとおり、面差しがいやらしく蕩けていた。

「飲んであげればよかったのに」

彼女の発言に顔をしかめたのは、さすがにそれは無理だというポーズを示すためであった。ゲイなんじゃないのと蔑まれるのを避けたかったのである。

ところが、別のところで疑いを持たれてしまう。

「ちょっと、それ」

恵令奈がしかめっ面で指を差したのは、直也の股間であった。

「え?」

見おろしてうろたえる。勃起しっぱなしの分身は下腹にへばりつき、より猛々しい様相を呈していた。

おまけに、粘っこい先走りを筒肉に滴らせていたのである。優希のペニスをしゃぶりながら、それだけ昂っていたのだ。

「フェラしてコーフンしたの？ 完ぺきにゲイじゃん」

結局、侮蔑されてしまう。もっとも、そうなった心情は理解してくれたようだ。

「ま、しょうがないか。ユウちゃんはまんま女の子みたいにカワイイし」

わかってもらえて安堵する。すると、恵令奈がこちらに手をのばしてきた。

「あうっ」

シンボルに指を巻きつけられ、たまらず声が出る。昂奮状態にあったぶん、快感が大きかったのだ。

「わ、すごい。前のときよりもダンゼン硬いじゃない」

漲り具合に驚嘆し、左手で唾液に濡れた優希のモノも握る。

「ユウちゃんのもすごい。エレナがシコシコしてあげたときよりも硬いし、ずっと大きいみたい」

二本の屹立を軽やかにしごき、すぐに手を離す。ここはふたりに任せたほうがいいと判断したようだ。

「ユウちゃん、早く出したいみたいだし、楽にさせてあげて」

言われて、直也はそそり立つ肉根を握った。それも、しごきやすい中程のところを。包皮を上下させ、硬い芯を摩擦する。

「いやぁ、あ、ああッ」

優希が悶え、頭を左右に振る。声は丸っきり女の子のそれだ。淫らな気分が高まって、直也は股間の分身を幾度も反り返らせた。

「エレナはキンタマ担当ね」

従兄の膝を離させ、キュッと縮こまった陰嚢を手で包み込む美少女。ブラウスの裾をめくり、すっきりとへこんだ腹部もあらわにさせたのは、精液が飛び散ったときに汚さないためだろう。

「あ、はふっ、いいいい、イヤぁ」

快い二箇所責めに喘ぐ女装男子。直也は頭がクラクラするようであった。

(こんなの、いやらしすぎる)

男女両方の性を兼ね備えた存在は、他に並ぶものがないと思われるほどにエロチックだ。

もっと滅茶苦茶にしてあげたいと、激しい衝動が胸を衝きあげる。ペニスだけでなく陰嚢もねぶり、小夏にそうしたみたいにアヌスも舐めたくなった。

さりとて、可憐なツボミにペニスを挿入したいとまでは思わない。いくら愛らしくても、排泄のための器官である。外側はともかく、内部は清潔とは言い難い。アナルセックスを求めるまでには吹っ切れていなかった。

「ああ、あ、イク、イッちゃう」

優希が限界を訴えてハッとする。強ばりもビクンビクンとしゃくりあげ、いよいよその瞬間が迫っていると教えてくれた。

「え、出るの？」

恵令奈が牡の急所を揉みながら確認する。それに答える余裕もなさそうで、優希は腰を大きくバウンドさせた。

「イク、イッちゃう、出ちゃうぅ」

切なさいっぱいの声をあげるなり、鈴口に白い雫がぷくっと盛りあがる。次の瞬間、それが糸を引いて放たれた。

「あひぃいいいっ！」

快感の大きさを物語る、甲高い悲鳴が響き渡る。

直也は見た。舞いあがった白い固まりが、放物線を描くところを。

（うわ、出た）

自分の射精は何度も目にしたが、他人のは初めてだ。感動を覚えると同時に、いやらしさに胸が締めつけられる。

それでも、手を止めずにしごき続ける。出ているときの刺激が最も快いと知っているからだ。

「イヤッ、ああっ、あ——うふぅ」

精液が噴出するたびに、裸の下半身が感電したみたいに痙攣する。目の高さぐらいまで飛んだそれは、女装っ子の腹部や太腿に落ち、直也の手にも滴った。

独特の香気が漂う。悩ましい青くささは、自分のものと一緒だった。

（みんな同じなんだな）

安堵しつつ、直也は手の奉仕を続けた。すでに射精は終わり、優希もぐったりして手足をのばしているのに。

しかも、指に付着したザーメンのヌメリを利用して、亀頭を直に摩擦したのである。

「いいいいい」

甘美な刺激が継続していることに気がつき、優希が身をよじる。射精後の粘膜は敏感すぎるから、強烈な悦びを与えられているはずなのだ。それも、くすぐったさと紙一重やつを。

直也はオナニーのとき、精液が出たあともしつこくこすったことがある。もっと気持ちよくなりたかったからだが、とても耐えられずに諦めた。

よって、彼が苦痛に等しい快感を味わっているのも承知している。にもかかわらず続けたのは、どうなるのか知りたかったのに加え、優希を滅茶苦茶にしたい思いが消えていなかったからだ。

「イヤイヤ、やめてぇ」

泣き言を口にされても無視して、いっそう赤くなった亀頭をヌルヌルとこする。上に手のひらをかぶせて、先っちょも撫でた。

「ちょっと、何してるのよ。かわいそうじゃない」

恵令奈が珍しく人道的なことを言う。直也はそれにも聞く耳を持たなかった。

「あ、あひっ、だ、ダメ……死んじゃう」

ゼイゼイと喉を鳴らし、優希は今にも過呼吸を起こしそうだ。すると、何か思い出したらしく、美少女が態度を一変させる。

「いいわ。アタマのところ、もっとこすってあげて」

このまま続けたらどうなるのか、知っているのだろうか。

言われるまでもなく、直也は優希を責め続けた。手の疲れも厭わず、張り詰めた粘膜を一心に摩擦する。恵令奈もタマ揉みを再開させた。

「くはっ、あ、う、ううう」

身悶える女装少年は、顔が真っ赤だ。細腰もビクッ、ビクッとわななきを示す。

(またイクのかな)

こうすればもっと感じるのではないかと、直也は指の輪でくびれの段差をこすりあげた。同時に、左手でヌメった亀頭を摩擦する。

「あ、あ、ダメぇっ!」

優希が絶叫に近い声をほとばしらせたとき、手のひらに何かが当たる。射精したのかと手をはずせば、透明な液体が勢いよく噴きあがった。

(え、オシッコ?)

直也は焦った。くすぐったい気持ちよさに耐えきれず、彼がオモラシをしたと思ったのだ。しかし、

「あはっ、ホントに出た」

恵令奈がはしゃいだから、そうではないらしい。尿のアンモニア臭もまったく

しなかった。

「あああ」

射精したあと以上にぐったりし、優希がベッドに沈み込む。さすがに限界のようだと、直也は手をはずした。

「……何これ？」

手についた透明な液体を観察し、匂いを嗅ぐ。けれど、最初に出した精液の残り香があるだけだった。

「男の子も潮を噴くんだね」

恵令奈が感心した面持ちでうなずく。

「え、シオ？」

「女性は、チツの中のGスポットってところを刺激すると、こんなふうに潮を噴くの。男にもそういうのがあるって聞いたことがあったけど、ホントだったんだね」

解説されても、性の知識が豊富でない少年には、ちんぷんかんぷんであった。

ただ、人体の神秘としか言いようのない現象だったのは間違いない。

それに、優希の乱れっぷりからして、射精にも匹敵する快感を得たようである。

（恵令奈ちゃんは、どこでそんな情報を手に入れるのかな）

おそらくネットなのだろう。十八歳未満禁止のところも、かまわず閲覧しているのではないか。

両親の寝室からウェットティッシュを持ってきて、女装少年の肌や股間を清める。幸いにも、ベッドには潮の一部がかかっただけだった。乾けばバレずに済む。

後始末をされるあいだも、優希はダウンして動けなかった。ペニスもさっきまでの猛々しさが嘘のように縮こまり、ピンク色の亀頭が包皮から半分だけ覗いている。

それもまた可愛らしくて、直也は無性にしゃぶりたくなった。恵令奈の目がなかったら、間違いなくそうしていただろう。

3

「じゃあ、今度はエレナがキモチよくしてもらう番だね」

やけにキラキラした目で告げられ、直也は胸の高鳴りを禁じ得なかった。

（それじゃあ、また……）

最初のときは、パンティを穿いたままでの顔面騎乗。次は目隠しをされてのクンニリングスで、恵令奈を二度、オルガスムスに導いている。行為がエスカレートしているのだから、今回はさらにいやらしいことが待ち受けているのではないか。

（もしかしたら、最後までさせてくれるのかも）

年上の小夏と体験したセックス。今日は同い年の美少女とできるかもしれない。

期待にまみれ、強ばりを解いていない分身が雄々しくしゃくりあげた。

それを目撃したか、恵令奈が眉間にシワを寄せて睨む。

「またいやらしいことを考えてるんでしょ」

図星を指され、「べ、べつに」とうろたえる。そのせいで、胸の内を見透かされてしまった。

「まったく……ま、いいけど」

あきれた顔を見せつつも、恵令奈が腰を浮かせる。ミニスカートの中に手を入れて、純白の薄物を躊躇なく引きおろした。

「やだ、濡れてる……」

脱いだものを確認して、彼女が眉根を寄せる。クロッチの裏地に、昂りの証たる蜜が付着していたらしい。

最初に顔面騎乗をされたときに嗅いだ、美少女のあられもない臭気を思い出し、直也は悩ましくなった。パンティを奪い取って匂いを嗅ぎたい衝動に駆られたものの、そんなことをしたらいよいよ異常者扱いされるだろう。

すると、恵令奈が訝る眼差しを向けてくる。不埒な願望をまたも見抜かれたのかと、直也は焦った。

「ねえ、こないだエレナのオマ×コ見たんでしょ」

質問ではなく断定のアクセントで言われ、何も言えなくなる。

「やっぱりね」

うなずいた彼女は、特に怒っているふうではない。昇りつめたあと、無防備に横臥していたから、あの場は見られてもしょうがないぐらいの気持ちでいたらしい。

「だったら、今さら隠すことはないわね」

そんな心境になったのは、少年ふたりの痴態に煽られ、淫らな気分になっていたからではないか。前回のように逃げ出すのではなく、今日は徹底的に快感を求めるつもりでいるようだ。

恵令奈はまだぐったりしている優希の手を取ると、「ちょっと起きて」と声をかけて引っ張った。

「うう……」

仕方なくというふうに身を起こした女装少年を、ヘッドボードのほうを足にして、再び仰向けにさせる。わざわざ向きを変えさせた理由が、このときはまだわからなかった。

「直也はそっちに行って。ユウちゃんの頭のほう」

言われてベッドから降りると、恵令奈は優希の上で四つん這いになった。下半身を顔のほうに向けて。

（え、それじゃ）

ふたりでシックスナインをするつもりなのだと、直也は悟った。前回、小夏とのセックスを見せつけられ、蚊帳の外にされた仕返しに。

しかし、それは早合点であった。

「直也にだけオマ×コを見せるのは、不公平だもんね。ユウちゃんにも見せてあげないと」

彼女はそう言って、スカートを腰までめくりあげた。

（ああ……）

胸に感動が広がる。眩しいほど白いおしりがあらわになったのだ。

同じポーズは、小夏もしてくれた。高校三年生になる姉よりは小ぶりながら、かたちのよい双丘である。

おまけに、谷がぱっくりと割れて、ピンク色の可憐なアヌスはもちろん、恥毛が疎らな割れ目もまる見えだった。

「え――」

気配を感じたか、優希が瞼を開く。見開かれた目は、従妹の恥ずかしいところを捉えたはずだ。

「直也、オマ×コ舐めて」

キュートな丸みをぷりぷりと振って、恵令奈がおねだりをする。

操られるみたいに近づいた直也は、優希の向きを変えさせたわけを理解した。

さっきのままシックスナインの体勢になったら、彼女のヒップとヘッドボードのあいだにスペースがなくて、クンニリングスが難しかったはずなのだ。

ちゃんと考えているんだなと感心しつつ、あどけない丸みに両手を添える。

ふっくらした臀部はスベスベだ。お肉の厚みはそれほどでもないが、スポーツ少女の小夏より柔らかい。

顔を寄せると、濃厚なチーズ臭がプンと香った。

(恵令奈ちゃんの匂いだ……)

前に嗅いだものと変わらない、悩ましいかぐわしさ。漂うものを深々と吸い込みながら、最初に直也がキスをしたのは秘芯ではなかった。

「ひッ」

息を吸い込むような声と同時に、ヒップがピクッと震えた。

「ば、バカ。そこはおしり——」

いちいち言われるまでもない。わかっていてそうしたのだから。

直也はかまわず、可憐なツボミをチロチロと舐めくすぐった。ほんのりと塩気が感じられるところを。

「もう……直也のヘンタイ。エレナ、ここへ来る前にウンチをしたんだからね」

それが本当なのか、それとも怯ませるためのでまかせだったのかはわからない。

だが、新築の家はトイレに洗浄器が設置されている。用を足したら洗うはずだ。

そもそも、その部分に異臭はまったくなかったのである。仮にあったとしても、むしろ昂奮させられたであろう。

尖らせた舌先で、放射状のシワをほじる。「あ、あっ」と焦った声が聞こえ、括約筋がキツくすぼまった。

「うう、くすぐったいのにぃ」

恵令奈が声を震わせる。だが、本当にそれだけだろうか。

秘肛をねぶり続けながら、直也は指で恥割れをさぐった。すると、温かくてヌルッとしたものが絡みつく。

(うわ、こんなに)

おびただしく濡れているのはアナル舐めで感じたせいか、そうでなければ、いやらしい気分にひたっているからだ。

「さ、さわるんなら舐めてよぉ」

切なさをあらわにした訴えは、彼女の本音であったろう。顔を伏せ、おしりをいっそう高く掲げるポーズを取った。

そこまでされたら、願いを聞き入れないわけにはいかない。アヌスへの刺激だけでは昇りつめないだろうし、気持ちよくてももどかしいのだ。

直也は唇を移動させ、濡れた裂け目に舌を差し入れた。

「きゃふぅううう」

恵令奈が愛らしい声を放つ。クレバスがキュッキュッとすぼまり、侵入者を捕まえようとした。

それに逆らって、敏感な肉芽を狙う。

「あ、ああっ、そ、そこぉ」

お気に入りのポイントを攻撃され、美少女がよがった。

直也の鼻は唾液で濡れたアヌスに当たっている。クリトリスを刺激すると、そこが収縮するのがわかった。

「あ、はひっ、いいい」

同い年の少女とは思えない、いやらしい喘ぎ声。まだバージンでも、肉体は女のヨロコビに目覚めているとわかる。

(この調子だと、高校に入ったらすぐにでもセックスを経験するんじゃないかな)

直也も童貞を卒業したし、対抗意識があるはず。何より彼女は、好奇心が人並み以上なのだ。

あとは、処女を捨てる相手は誰なのかということになる。

初対面から厭なヤツという印象を持ったし、身勝手で尊大なのは相変わらずだ。

だが、口ほどにはすれていないとわかり、今では恵令奈に好意を抱いていた。とびっきりの美少女だし、こうして恥ずかしいところも舐めさせてくれる。

(僕じゃ駄目かな……)

できれば初めての男になりたいと思ったとき、

「あ、ああっ、う——むふふふふぅ」

恵令奈の声がくぐもったものになる。続いて、

「イヤっ、あ、あっ」

真下から優希の声が聞こえた。

(恵令奈ちゃん、優希さんのペニスをしゃぶってるんだ)

さっき、直也も舐めたいと思ったキュートな秘茎。彼女はあれを口にしているのである。

女装した従兄を手で射精させても、フェラチオはしなかったと恵令奈は言った。だとすれば、これが初めてのおクチ奉仕ということになる。

美少女の初フェラを奪われて、直也は軽い嫉妬を覚えた。それでも、優希なら仕方ないかと受け入れられた。

とにかく彼女をイカせなければと、秘核を強めに吸いねぶる。同時に、肛穴も

指でヌルヌルと刺激した。前回のクンニリングスでも、姉の小夏にそこを悪戯されて、早々に昇りつめたのである。

「むぅっ、ううう っ」

恵令奈が呻き、フンフンと鼻息をこぼす。順調に高まっているのが窺えた。

そのとき、下半身に甘美な衝撃がある。

「ぐふッ」

ねぶる女芯に直也が熱い息を吹きかけたのは、そそり立ったままのペニスを握られたからである。さらに別の手が、陰嚢にも添えられた。

それが優希の仕業であると、すぐに理解する。仰向けで寝たまま腕を頭上に挙げ、股間に触れているのだ。

さっき、潮吹きまで経験させられたお返しなのか。あるいは、自分だけが気持ちよくされるのが申し訳なく、手を出してきたのか。

何にせよ、手探りでしごいているはずなのに、腰をよじらずにいられないほど快い。

(うう、そんな)

牡の急所もモミモミされて、直也は否応なく高まった。そのせいで舌づかいが荒々しくなり、恵令奈も上昇する。

「んん、ん、ンゥうううっ！」

下半身を揺すりあげ、彼女がオルガスムスに達する。肛門括約筋が一瞬弛み、そこをこすっていた指の先端が入り込んだ。

続いて、直也も頂上に至る。

「むはッ、あ、ううう」

美少女のヒップから顔を離し、総身をわななかせて射精する。ベッドや床をザーメンで汚すことを、気にかける余裕などなかった。

「キャッ」

優希が悲鳴をあげたから、飛び散った牡のエキスが顔にかかったのだろう。それでもすべてほとばしるまで、両手を動かし続けてくれた。

「ああ……」

腰をブルッと震わせたところで、ペニスと陰嚢の手がはずされる。恵令奈も脱力してベッドに転がり、横臥してハァハァと息をはずませた。

女装少年の愛らしい容貌には、思ったとおり白濁の粘液がのたくっていた。一部は髪も汚し、閉じた瞼にもかかっているため、目を開けられない様子である。

直也は気怠さにまみれつつも、ウェットティッシュで優希の顔や髪を清めてあげた。幸いにもベッドや床に垂れたぶんは少量で、そちらと自身の秘茎も拭う。

「ありがと……」

目を開けて礼を述べた彼は、頬を恥じらい色に染めていた。愛らしさにときめき、思わずキスしたくなったものの、どうにか堪えた。

ふと視線を下半身に向ければ、恵令奈がフェラチオを施した秘茎はわずかにふくらんでいた。おまけに、裸の腰がもどかしげにくねっている。

(途中で終わったから、もの足りなかったのかも)

これは続きをする口実になる。

「優希さ——優希ちゃん、もう一回出したい？」

親しみを込めて問いかけると、うろたえたふうに目を泳がせる。何も答えなくても、潤んだ瞳がイエスだと訴えていた。

直也はそちらにほうに移動して、ベッドの脇に膝をついた。まだ軟らかな器官を摘まむと、優希が小さく呻く。

(ああ、可愛い)

自分のモノで見慣れているはずなのに、こんなにドキドキするのはなぜだろう。

皮を剝いてピンク色の亀頭をあらわにしただけで、軽い目眩を覚えた。

優希のほうも昂奮したらしく、その部分がムクムクと膨張してくる。

直也は急いで顔を伏せ、ペニスを含んだ。萎えているうちにしゃぶりたかったのだ。

ところが、亀頭を泳がせて舌鼓を打ち、敏感なくびれに舌先を這わせたところで、口の中のモノが急速に伸びあがった。

(え、もう?)

目を白黒させ、いったん若茎を口から出す。ピンとそそり立ったそれは、赤く腫れた頭部が存在感を際立たせていた。

「なによ、エレナがフェラしてもタタなかったくせに」

不満げな声にギョッとする。横臥していた恵令奈が、いつの間にか瞼を開き、こちらを睨みつけていたのだ。女装した従兄に腹を立てているというより、直也のテクニックに嫉妬しているらしい。

「それはほら、男同士だし、どこをどうすれば気持ちいいのかわかるから」

しなくてもいい弁明をすると、彼女は顔をしかめた。

「だったら、世の中がゲイだらけになっちゃうじゃない」

直也とて、いくら感じさせてくれるとしても、同性と性的な戯れをしたいとは思わない。優希は特別なのである。

だが、そんな言い訳を重ねたところで、恵令奈が納得するとは思えない。ここはやりかけたことを終わらすべく、再び勃起を口内へ迎え入れた。

「うう、い、いいの？」

今さらのようにためらう優希に、直也はちゅぱッと舌鼓を打つことで応えた。

「やぁん、そ、それいぃ」

泣きそうな声で悦びを伝えられ、愛しさが募る。こんなにキュートで、本物以上に女の子らしくて、なのにペニスは大きくてギンギン。だからこそそそられて、躊躇なくしゃぶれるのである。

筒肉に舌を絡みつけ、頭を上下させる。溜まった唾液をすすると、「ああっ」と甲高い嬌声がほとばしった。

（すごく感じてくれてる）

嬉しくて、ますます口淫奉仕に熱が入る。

強ばりを吸いたてながら、直也は陰嚢も愛撫した。どのぐらいの力加減が快いのか、それこそ我が事のようにわかるから、優しく揉み、すりすりと撫でた。

「イヤっ、あ、あん、キモチいい……」

刺激を受けて、フクロが固くなる。中のタマが、腹の下へめり込みそうだ。

(もうすぐイクんだな)

悟ったとき、差し迫った声が聞こえた。

「ね、ね、イッちゃうよ」

それは口をはずしてという呼びかけだったのだろう。

直也は、今度こそ射精を口で受け止めるつもりだった。歓喜に暴れる強ばりが、口内で温かな樹液をドクドクと溢れさせる瞬間を想像するだけで、萎えていた分身に血液が集中する。

陰嚢の手をはずして、口からはみ出したところに指を巻きつける。硬い肉胴をこすりながら、段差を際立たせたくびれを舌先でこすると、「あああっ」とひときわ大きな嬌声が上がった。

「ダメダメ、ほ、ホントにイッちゃうからぁ」

このまま射精させるつもりだと悟ったらしい。まさに女の子そのものという、切なる訴えだ。肉体はともかく、心は少女になりきっている。

それでいて、性器だけは少年であることをあからさまにして、雄々しくしゃくりあげるのだ。

口の中が粘つくのは、透明な先汁が多量に溢れているからだろう。そのヌメりを利用して、亀頭をピチャピチャとねぶれば、いよいよ優希は限界を迎えた。

「ああ、あ、イク、出ちゃう」

差し迫って「うーうー」と呻き、最後の抵抗を試みる女装っ子の努力を、恵令奈が無にする。視界に入った彼女の手が、キュッと持ちあがった急所を揉んだのだ。

「ほら、さっさと出しなさいよ」

「あああああ、だ、ダメぇぇぇぇえっ！」

切実な悲鳴も虚しく、ペニスがさらにふくらむ。硬さも最大限になったところで、口の中でどぷっとはじける感覚があった。

（あ、出た）

直也は急いで強く吸った。自分もそうされて、強烈な快感に翻弄されたのを思い出して。もちろん、指の輪を上下させることも忘れない。

「ああ、あ、あっ、出るっ、出てるぅ」

愛らしい声でよがり啼きながら、優希はおびただしい精を放った。同性の口内を、青くさい粘液で満たす。

射精を受け止めながら、直也は硬く勃起した。絶頂に導いた満足感と、女装少年の愛らしさに激しく昂って。生ぐさくて、何とも形容のしようがないザーメンの味わいにも、嫌悪感はまったくなかった。

「あっ、ハッ、はひっ」

優希が息を荒ぶらせ、体軀を波打たせる。あんなに硬かったのが嘘のように、秘茎は急速に軟らかくなった。

(もう大きくならないかな)

過敏になっているはずの亀頭をしつこく舌ではじいていると、

「も、もうやめて、死んじゃう」

男の娘が降参し、泣き言を口にする。直也は仕方なく顔をあげた。精液をこぼさないように、唇をしっかりとすぼめて。

「はふぅ……」

大きく息をついた優希が、ベッドの上で手足をのばす。胸を大きく上下させ、オルガスムスの余韻にどっぷりとひたっているようだ。

直也は迷った。口の中いっぱいのドロドロした液体をどうしようかと。

自分もそうされたのだし、ここは飲み干すべきなのだろう。だが、ここに来て躊躇したのは、喉に引っかかって噎せそうな気がしたからだ。

（ちょっとずつ飲めばだいじょうぶかな）

そう考えたとき、「ねえ」と声をかけられる。恵令奈がいつの間にか、こちらに身を乗り出していた。

（え？）

彼女は戸惑う直也の首っ玉に縋りつき、いきなり唇を重ねたのである。

（……恵令奈ちゃんがキスを？）

いったいどうしてと、頭の中が疑問符だらけになる。だが、舌を差し込まれ、口内に溜まった粘液をすすられたことで、彼女の意図を察した。牡の体液がどんな味か知りたいのだ。

直也は受け止めたザーメンを恵令奈と共有した。互いの口を行き来させ、少しずつ喉に落とす。舌がふれあうと、小夏とのファーストキスのときと同じく、甘美な電気が流れた気がした。

青くさい粘液がすべてなくなっても、ふたりは唇をはずさなかった。

直也はベッドの下で、彼女はベッドの上。不安定な体勢ながら、腕を背中に回してしっかりと抱き合い、顔を傾けて舌を深く絡める。どちらからということもなく、自然と求め合ったのである。

長いくちづけを終えて離れると、恵令奈は目をトロンとさせていた。柔らかく蕩けた面差しは、これまでになく魅力的だ。胸が痛いほどに高鳴る。

「恵令奈ちゃん、すごく可愛い」

思いを込めて告げると、彼女の頬が一瞬で紅潮した。

「ば、バカッ」

罵って顔を背ける。クスンと鼻をすすり、泣きそうに目を潤ませた。

(本当に可愛いや)

男を従えさせる生意気な言動は、自分を強く見せるためのもの。実は誰よりも女の子らしいのかもしれない。

「……ねえ、オチ×チン、どうなってる?」

こちらをチラ見しての問いかけに、恥じらいの色が浮かんでいる。直也は黙って立ちあがり、反り返るシンボルを誇示した。

「あ、またタッてる」

嬉しそうに頬を緩め、恵令奈が首をかしげる。

「もしかして、エレナとキスしてこうなったの？」

「そうだよ」

本当はその前からエレクトしていたのであるが、ここは彼女を立てることにする。それに、美少女とのくちづけで、目眩がするほどに昂ったのは事実なのだ。

「ふうん、そうなんだ」

嬉しそうに目を細められ、大いにときめく。屹立がビクンとしゃくりあげた。

「だったら、エレナが面倒見てあげなくちゃいけないわけだね」

思わせぶりに告げられ、直也はドキッとした。

（え、それじゃ――）

ひょっとして、セックスをさせてくれるのだろうか。

期待がふくらんだものの、さすがにそれは虫が良すぎたようだ。ベッドに腰掛けるよう命じられると、恵令奈がその前に膝をつく。

「二回も出したのに、こんなに硬い。直也って元気だね」

いたいけな指を武骨な肉棒に巻きつけ、リズミカルにしごく美少女。献身的な奉仕に、直也は夢見心地の気分を味わった。

（恵令奈ちゃん、いい子だよな）

厭なヤツという第一印象は、もはや過去のものだ。

「ねえ、フェラしてほしい？」

手を動かしながら、恵令奈が上目づかいで訊ねる。

「う、うん」

直也が前のめり気味にうなずくと、彼女は悪戯っぽく頬を緩めた。

「それじゃ、ユウちゃんの精液と、どっちがおいしいか比べてあげる」

ということは口で受け止め、飲むつもりなのだ。

恵令奈が顔を伏せ、ふくらみきった亀頭を頬張る。チュウと吸われるなり、強烈な快感が頭にガンと響いた。

(恵令奈ちゃんが僕のを――)

自分と同い年の少女に、ペニスをしゃぶられているのだ。

這い回る舌が、くすぐったい悦びをもたらす。息をはずませながら脇を見れば、いつの間にか身を起こした優希が、羨ましそうにこちらを見つめていた。

第四章　ショタとお姉さん

1

明日はいよいよ入学式。真新しい制服や通学バッグを眺め、高校生活への期待に胸をふくらませていると、お隣から電話があった。恵令奈だ。

『すぐに来なさい』

相も変わらず、こちらの都合などおかまいなしに命令する。直也はやれやれと思いつつも、今日こそはという願望も抱いた。

（春休みも終わりだし、恵令奈ちゃんもそのつもりなんじゃないだろうか）

前回、優希も交えた三人でしたときのことが脳裏に蘇る。

恵令奈にフェラチオをされ、直也はあどけない唇の奥に射精した。口移しとは異なり、直に受け止めたものは濃厚だったのか、彼女は少ししか飲めずティッシュに吐き出した。

そんなふたりの戯れに、優希は二度目の復活を遂げた。イカせてほしいのならクンニリングスをしなさいと恵令奈は命じ、シックスナインの体位で女装っ子の顔に女芯をこすりつけ、直也にはアヌスを舐めさせて絶頂した。

最後は、ふたりがかりで優希を弄んだ。屹立に左右から同時に舌を這わせたり、秘茎と陰嚢を分担してねぶったりして、いやらしい声をあげさせた。最後は直也の手コキと恵令奈のタマ揉みで、彼は精を噴きあげた。

あの日は、本番セックス以外の、あらゆるいやらしいことを経験したのである。恵令奈に残されたのはロストバージンのみだ。

初体験の相手に選ばれることを、直也は心から望んでいた。それがいよいよ今日ではないかと、心が浮き立つ。

急いで訪問し、館野家のチャイムを鳴らす。玄関のドアを開けたのは恵令奈だった。

「遅いわよ」

睨まれて、反射的に「ごめん」と謝る。電話を切ってすぐに家を出たから、これで遅いとしたら超能力で瞬間移動をするしかないのに。

「ふん」

そっぽを向いた彼女の、頬がちょっぴり赤い。照れ隠しというか、わざとツンケンしている感じだ。

(僕といやらしいことをたくさんしたせいで、普通に接するのが気まずいのかも)

そんなふうに意識するのは、好意を持っているからではないのか。だったら初めての相手に選んでくれるかもと、期待がふくらむ。

「とにかく入りなさい」

声をかけられ、直也は「お邪魔します」と頭を下げて中に入った。

ピンクのトレーナーが愛らしい恵令奈は、今日もミニスカートだ。それすらも、好きな男にパンツを見せたくて選んでいるのかもと、穿った見方をしてしまう。

実際、階段を上がるときも、まったく隠そうとしなかった。そうなれば、年頃の少年としては見あげたくなる。

(あ――)

直也は危うく声を出すところであった。ぷりっとした愛らしいおしりが、まる見えだったからだ。

ひょっとしてノーパンなのか。大胆さにナマ唾を飲んだとき、彼女が振り返った。

「穿いてないと思った？」

思わせぶりな笑みを浮かべられ、そうではないと悟る。

「残念でした。これ、Ｔバックよ」

恵令奈は大胆にもスカートの後ろを大きくめくり、丸みを背後に突き出した。それにより、臀裂に埋まった赤い紐状のインナーが覗く。

（いや、残念って……）

肝腎なところまで見えずとも、ふっくらした双丘があらわなのだ。それだけでも充分すぎるほどエロチックで、直也の分身は臨戦状態になった。

おかげで階段がのぼりづらかった。

二階に招いたということは、恵令奈の部屋で何かするのだろう。ということは、

（小夏さんもいるのかな）

廊下の突き当たりにあるそこは、童貞を奪ってくれたスポーツ少女と一緒の部

屋だ。ところが、彼女が開けたのは真ん中のドアだった。

（え、それじゃ涼花さんと？）

綺麗で淑やかな女子大生のお姉さん。最初の日、直也は彼女のオナニーを目撃し、オナニーをしたのである。三姉妹の中で、最初に惹かれたひとだ。

とは言え、小夏とは違い、妹と一緒になって淫らなことをするとは思えない。そんなことをしちゃいけないと、姉らしく叱るはずである。

「ほら、入りなさい」

恵令奈に呼ばれて我に返る。戸惑いつつも室内に足を踏み入れれば、果たしてベッドにもうひとりいた。

涼花ではない。優希だった。

ベッドに腰掛けた彼女――彼が着ているのは、セーラー襟の白いワンピースだ。ノースリーブで、しかもミニ丈。膝の上まである長いソックスを履いており、肉づきの薄い太腿が、やけになまめかしく映る。

もちろん、抜群に可愛らしい。

「あっ」

優希は直也と目が合うなり、うろたえたふうに顔を背けた。前回も女の子の格好で、しかも三回も射精させられたのだ。気まずいし、恥ずかしいのだろう。

そのせいで、直也も居たたまれない気分になる。

「ユウちゃん、立って。後ろを向いて」

恵令奈が命じ、女装っ子が怖ず怖ずと立ちあがる。ふたりに背中を向けるなり、

「スカートをめくって」

と、新たな指示が飛ぶ。自分が下着どころか、おしりまで少年に見せたものだから、従兄にも同じ辱めを与えるつもりなのか。

逆らえる立場でないとわかっているようで、優希は言いなりだった。ワンピースの腰のあたりを摑み、そろそろとたくしあげる。

（え？）

直也は目を疑った。彼もまた、臀部がまる出しだったのだ。

「エレナたちのパンツ、お揃いなのよ」

得意げに言われて、さっき目撃した美少女のナマ尻が、目の前のものと重なる。

（じゃあ、優希ちゃんもTバックを？）

小ぶりな双丘の谷間には、細い布が埋まっているというのか。

「こっちを向きなさい」

操り人形のごとく回れ右をする優希。穿いていたのは白いパンティだ。恵令奈とは色違いらしい。

そして、ハイレグのフロント部分は、大きく隆起していた。

「ユウちゃんって、Tバックを穿くとすぐボッキしちゃうんだよね。後ろの細いところがおしりの穴をこするのが、キモチいいみたい」

恵令奈が面白がって暴露する。初めて穿いたわけではないらしい。

（あれ、だったら恵令奈ちゃんも？）

アヌスを舐められてよがったぐらいである。彼女もそこを刺激されると感じるはずだ。ならば、今も密かに秘芯を疼かせているのではないか。

思ったものの口には出さず、直也はあらわにされた欲情のテントを見つめた。愛らしい身なりでの猛々しい股間が、たまらなくエロチックだったのだ。

「ねえ、さわってあげて」

囁くように言われ、前に進む。

近くに寄ると、甘ったるいミルクの匂いがした。本物の女の子としか思えないかぐわしさにも、大いにそそられる。

直也もペニスを硬くしていた。それを握ってもらいたくて、代わりに優希の高まりに手をかぶせる。

「あふン」

切なげに喘ぎ、腰を震わせる疑似美少女。見た目はこんなに愛らしいのに、握り込んだ手に伝わってくるのは、逞しい牡の脈打ちであった。

(うわ、こんなに)

武骨なテントの頂上は、じっとりと湿っている。たった今エレクトしたというふうではない。

(本当にTバックが気持ちよくて、こんなになっちゃったのか)

自分が穿いているわけでもないのに、肛門のあたりがムズムズする。

「どう?」

恵令奈の問いかけに、直也は「うん」とうなずいた。

「すごく硬くなってる」

「でしょ。言っとくけど、エレナは何もしてないからね」

この発言に、女装っ子が頰を染め、目も潤ませた。恥ずかしい性癖を知られて、居たたまれないのだろう。

「ユウちゃんのオチ×チンはほっといていいわ。直也に見せたいものがあるの」

言われて、隆起から手をはずす。もっとさわっていたかったが仕方ない。優希も落胆をあらわに顔を歪めた。

「ていうか、涼花さんの部屋なのに、勝手に入っていいの?」

今さら確認すると、恵令奈は「ああ、いいのいいの」と安易に答えた。

「直也だって、スズ姉の秘密を知りたいでしょ?」

と、意味深な笑みも浮かべる。

最初に憧れたお姉さんであり、答えはもちろんイエスだ。もっとも、生意気で奔放な末っ子と異なり、清楚で真面目な涼花に、握られて困るような秘密があるとは思えなかった。

ただ、セクシーなインナーをまとって自慰に耽るなど、意外な一面があったのも事実。彼女が風呂上がりに自らをまさぐることも知っていたし、恵令奈が他に何か摑んでいても不思議ではない。

「ところで、この部屋を見てどう思う?」

改めて質問され、直也はきちんと整頓された室内を見回した。

他の部屋はフローリングそのままだったが、ここはカーペットが敷かれている。厚みがあるのか、足の裏が当たる感触も柔らかい。

あとは壁際に置かれたベッドに、アンティークなデザインのドレッサー。これは初日にも自分の部屋から見えた。窓際にはシンプルな学習机があり、真新しいノートパソコンが置いてある。

何よりも目を引くのが大きな本棚だ。文庫本や単行本がずらりと並んでいる。雑誌やコミックもあったが、全体の二割ほどか。

(読書家なんだな)

きっと頭もいいのだ。どこの大学かは聞いていなかったが、おそらく有名なところなのだろう。

「涼花さんが真面目なひとだってわかる部屋だと思うけど」

直也の返答に、恵令奈は愉快そうに目を細めた。

「まあ、見えているところだけなら、そんなふうに映るでしょうね」

「どういう意味?」

「直也だって、スズ姉のホントの姿をちょっとは見たんじゃないの? エッチなナイティを着て、オナニーをするところとか」

優希もいるのに、何てことを暴露するのか。もっとも事実だったから、反論できなかった。

「スズ姉だって女だもん。男に興味があるし、エッチだってしたいのよ」

知ったかぶった言いぐさに、直也はさすがに腹が立ってきた。初めての相手になりたいと考えるぐらい好意を抱いていたはずが、やっぱり厭なヤツだと評価を逆転させる。憧れた女性を貶められ、腹が立ったのだ。

「じゃ、証拠を見せてあげる」

そう言って、恵令奈がベッド下の収納部分を引き出した。

証拠だなんて大袈裟なことを言ったから、最初の晩に着ていたようなセクシーな衣類や、アダルト向きの本でも入っているのかと思ったのである。ところが、そこにも本がぎっしりと詰まっていた。幾ぶん、カバーがポップな色合いではあったけれど。

「これがどうかしたの？」

首をかしげると、恵令奈が一冊取り出す。

「見て」

手渡された本のカバーを見て、直也は（え？）となった。

表紙の少女漫画っぽいタッチのイラストは、女性が男を背後から抱きしめているというもの。それだけなら何でもないのだが、男は上半身裸だし、女性は涼花がいつか着ていたような薄いインナー姿だ。表情もやけに色っぽい。

タイトルこそ普通の恋愛小説のようながら、内容はもっと濃厚なのではないか。付き合うまでの過程を描くストーリーではなく、付き合ってからのキスやセックスが主題である気がした。

「カバーのデザインは可愛いけど、中身はエロエロだから」

恵令奈に言われて、無言でうなずく。やはりアダルト向けなのだ。

(ここに入ってるのが全部そうなのか?)

背表紙のデザインが似通っているし、タイトルもそれっぽい。大っぴらに置いておけない本だから、ベッドの下に隠しているらしい。

「特にお気に入りなのが、こういうやつね」

次に取り出されたのも、一冊目と同じテイストのイラストだ。但し、色っぽいお姉さんが抱きしめているのは少年だったのである。自分たちとそう変わらないか、もしかしたら年下かもしれない幼さの。

「スズ姉はショタものが大好きなの。ここにある本の、半分以上はそれだから」

ショタという単語が何を意味するのか、直也は知らなかった。それでもカバーイラストと、あとは語感的に、年上の女性がいたいけな少年と淫らな行為に及ぶのだと推測できた。

（つまり涼花さんは、僕らぐらいの男の子が好みってこと？）

心臓がバクバクと音高く鳴る。あの日、彼女はスマホを見ながら自慰をしていたが、ネットのショタエロ小説を読んで気分を高めたのだろうか。セクシーなナイティも、少年を誘惑する年上女性になりきるためのアイテムだったとか。

そこまで考えて、もうひとつの可能性が浮かぶ。

（まさか、わざと僕にオナニーを見せたんじゃ——）

最初に挨拶をしたときの優しいほほ笑みの裏で、隣家の少年を品定めしていたのかもしれない。そして、関心を惹くために、わざとカーテンのない部屋でエロチックな姿を晒したのだとか。

（……いや、涼花さんはそんないやらしいひとじゃない）

疑惑を打ち消そうとしても、完全には消えてくれない。何よりも、これだけの証拠があるのだ。

だが、本当に少年が好みならば、自分とそういうことをしてくれるのではないか。欲望にまみれた期待もこみあげる。

「もっとすごいの見せてあげる」

恵令奈はドレッサーの一番下の引き出しを開けた。そこにはオモチャとも、何かの部品ともつかないものが入っていた。コードが絡まっており、電池ケースやリモコンらしきものもある。

その中から彼女が取り出したものを目にするなり、直也は眉をひそめた。スケルトンのピンク色で、見た目こそポップながら、かたちが明らかに男性器を模したものだったからだ。違うのは、陰嚢の代わりに妙な突起物と、持ち手部分があることぐらいか。

(それじゃあ、これをアソコに挿れて——)

ペニスの代用品なのだと、使い道を悟る。あのとき、涼花は指で秘苑をいじっていたが、こんな器具も用いてオナニーをするのだろうか。

「これ、わかる？　バイブってやつ」

その名称は、別の場面で耳にしたことがある。震えるとか、振動するといった意味だ。これも膣の中で振動し、快感をもたらすというのか。

清楚を絵に描いたような涼花が、指だけでなく器具も使ってオナニーをしているなんて。引き出しの中にあるピンク色の卵みたいなやつや、多数の突起があるへら状のものも、同じ用途の品物らしい。抱いていた綺麗なお姉さんのイメージが、音を立てて崩れてゆくのを感じる。

「……涼花さんは、こんなものをどうやって手に入れたの？」

さすがにお店では買えまいと思えば、案の定だった。

「通販よ。決まってるじゃん。さっきの本もそうだけど。そんなお金があるのなら、男を見つけてデートの費用に回せばいいのよ。そうすれば、さっさとバージンを捨てられるのに」

辛辣に長女を批判する末っ子。それは個人の自由だろうと、直也は思った。

（現実の男よりは、本やオモチャのほうがずっとマシかも）

憧れの女性には、清いからだでいてもらいたい。とは言え、小夏を相手に早々と童貞を卒業した自分に、そんなことを願う資格はないのだ。

「ていうか、恵令奈ちゃんだってバージンじゃないか」

密かに確信していたことを口にすると、美少女がうろたえる。

「え、エレナのことは関係ないでしょ」

顔を赤くして憤慨したから、やはり経験がないのだ。

「そうそう。もっと面白いやつがあるのを忘れてた」

彼女は誤魔化すように、ベッド下の収納に戻った。

そこから取り出したのは、やはり少女漫画ふうのイラストが描かれた本である。ところが、お姉さんに抱きしめられているのは少年ではない。可愛らしい女の子だ。

（これってレズ？）

涼花は同性愛にも関心があるというのか。

「それは漫画だから、どんな内容かすぐにわかるわよ」

言われて、直也がページをパラパラとめくるあいだに、恵令奈はクローゼットの中を物色した。

（え？）

ふたりが絡み合うシーンを見つけてドキッとする。肝腎なところは白ヌキで処理されていたが、女の子の股間に明らかな異物があった。

つまり、優希と同じ女装少年なのである。

「あっ」

脇から漫画を覗き込んでいた優希も声を洩らす。戸惑いをあらわにしつつも、頬を赤らめた。

（この漫画みたいに、涼花さんにいやらしいことをされたいって思ってるのか

な）

彼もまた、愛しい姉と年の変わらぬ従姉に、憧れを抱いていたのかもしれない。漫画のようなことをしたい願望が涼花にあるのなら、まさに願ったり叶ったりということになる。

ふたりが抱き合う場面を想像し、直也も悩ましくなった。おさまりかけていた勃起が、復活の兆しを示す。

（きっと、すごくいやらしいぞ）

見てみたいと思う反面、そんなことになったら嫉妬するであろう。直也だって、涼花にイイコトをしてもらいたいのだ。

結局のところ、彼女に清いままでいてほしいのか。それとも、一緒に快楽を求め合う関係になりたいのか。自分でもわからなくなった。

「ほら、これ」

恵令奈に声をかけられ、我に返る。見ると、彼女は新たな器具を手にしていた。

長さは三十センチほどだろうか。長めの持ち手の片側に、丸い頭部が付いている。形状こそペニスっぽいけれど、いかにも家電というふうで、特に卑猥な印象は受けなかった。

「それってマッサージ器だろ」

以前にも目にしたことがあるから知っている。コードが付いていないから、電池式か充電式なのだろう。

「そ、電マよ」

その略称は、どこかで聞いた気がする。電動マッサージ器を縮めたものだろう。どうしてそんなものを得意げに持ち出したのか、まったく意味不明だ。

「涼花さんだって、肩ぐらい凝るんじゃないの？」

若いのに年寄りくさいと蔑むつもりなのか。思ったものの、そうではなかった。

「ユウちゃん、ちょっとそこに坐って」

「あ、うん」

ベッドに腰掛けた優希に、恵令奈は「パンツを見せて」と命じた。

「え、どうして？」

「いいから早く」

従妹の命令には逆らえず、女装っ子がワンピースをたくしあげる。前の部分が大きく隆起した、白いＴバックがあらわになった。

「まだボッキしてたのね」

恵令奈があきれた顔を見せる。優希は情けなく口許を歪めた。

「ま、そのほうが都合がいいんだけど」

電マのスイッチがオンにされる。低い唸りに、直也は不吉な予感を覚えた。

(あ、ひょっとして――)

何をするつもりなのかを悟るなり、その通りのことが実行される。振動する頭部が、股間のテントに押し当てられたのだ。

「あああああっ!」

優希がのけ反って声をあげる。ベッドの上でヒップをくねくねさせた。

「これ、キモチいいでしょ」

「だ、ダメ、やめてぇ」

彼はハッハッと息を荒くし、目尻に涙を光らせる。強烈な悦びを与えられているのは明らかだ。

女の子の格好で、男の子の快感を与えられる美少年。直也は激しく昂奮した。

ズボンの前が突っ張るほどに。

(そんなに気持ちいいのか……)

自分も味わってみたくなる。悩ましさが募り、腰の裏がムズムズした。

「ホントにダメ……も、出ちゃうからぁ」

いよいよ差し迫ったふうに、優希が声のトーンを高くする。だが、恵令奈は容赦なかった。

「いいわよ。出しなさい。電マのブルブルでキモチよくなって、精液をどっぴゅんするのよ」

そう言って、彼女が器具の角度を変える。敏感な包皮の継ぎ目あたりを刺激しているようだ。

さらにスイッチを操作して、振動をマックスにあげる。

ブブブブ――。

蜂の大群みたいな音が鳴り響き、そこに甲高い悲鳴が重なった。

「イヤイヤイヤ、イクっ、イッちゃう、出ちゃうぅうううっ！」

のけ反ってからだをはずませた優希が、「ハッ」と喘いで身を強ばらせる。

（イッたんだ――）

直也は息を呑んだ。高まりの頂上、濡れジミの広がっていた薄布から、白い粘液がじゅわりと溢れた。

「ハッ、くはっ、あ、あふ」

女装少年が息を荒ぶらせ、剝き身の腿をビクッ、ビクンと痙攣させる。絶頂感はかなりのものだったらしい。マッサージ器のスイッチがオフにされると、ベッドに背中から倒れ込んだ。

青くさい匂いが漂う。ハイレグのインナーに浮かびあがっていた無骨な器官が、徐々に勢いをなくしていった。

（エロすぎるよ……）

直也はふたりに悟られぬよう股間に触れ、勃起をおさまりのいい角度に直した。ブリーフの裏地は先走りでべっとりと濡れており、それが筒肉に張りついて居心地が悪かった。

「ふふ、出しちゃった」

恵令奈が愉快そうな笑みをこぼす。そのとき、部屋のドアが開いた。

「え、なに⁉」

素っ頓狂な声をあげたのは、この部屋の主である、女子大生の長女だ。春物の清楚なワンピース姿で、手にはブランドのロゴが入った紙袋。買い物から帰ったところであろうか。

（ま、まずい）

直也は蒼くなった。

2

「何やってるのよ、あなたたち。勝手にわたしの部屋に入って!」

姉に叱られても、恵令奈は平然としていた。

「何って、スズ姉の秘密をふたりに教えてたんだけど」

悪びれない末っ子に、涼花は「秘密って——」と口を開きかけ、そのまま固まった。ベッドの収納やドレッサーの引き出しが開けられているのに気がついたようだ。

おまけに、恵令奈の手には電マまである。

「スズ姉がオナニー好きで、色んなオモチャを使ってることと、どんなオカズが好みなのかを説明してあげたの」

得意げに言われて、女子大生の表情に絶望が広がる。目が泣きそうに潤んだのを見て、直也は罪悪感に囚われた。

(僕がやめさせればよかったんだ……)

涼花が傷つくとわかっていたはずだ。なのに欲望に負けて、恵令奈を止めるどころか追従してしまった。こうなったのは自分の責任でもある。

けれど、何も言えなかった。余計なことを口にしたら、最初の晩に涼花のオナニーを覗いたことまで暴露されそうな気がしたからだ。

「……ていうか、この子、誰なの？」

涼花がようやく口を開く。視線はベッドに横たわる愛らしい少女——少年に向けられていた。

彼女が入ってきたとき、優希は咄嗟にワンピースの裾を戻した。だが、オルガスムス後の脱力感が著しいようで、起き上がれずにいたのだ。

「わからないの？　ユウちゃんなんだけど」

「ユウちゃん……え、優希君⁉」

涼花にとっても従弟だから、当然知っているのだ。女の子の格好をする趣味があることを除いて。

「そう言われれば……でも、本物の女の子にしか見えないわ」

つぶやくように言った彼女の目が、あやしくきらめく。自身の秘密を暴露されたことなどどうでもよくなるほどに、興味を惹かれたと見える。

（涼花さん、やっぱり女の子の格好をした男の子が好きなのか……）

なんだか悔しかった。

「だけど、どうして寝てるの？　苦しそうじゃない」

「ああ、そんなことない。この電マで射精させたら、すごくキモチよかったみたいで、ぐったりしてるだけ」

「射精――」

涼花が目を丸くする。恵令奈が言ったとおりに男と付き合った経験がないのなら、彼女はザーメンそのものも、それが飛び散るところも見たことがないのだ。

それゆえに、ますます関心を持ったのではないか。

「ユウちゃん、パンツの中で出したばっかりだよ。スズ姉、ユウちゃんの精液見たい？」

末っ子の誘導に、長女はまんまとのせられた。

「うん……」

うなずいて、頬を染める。指示されるのを待たず、ベッド下の収納を閉めると、優希の隣に腰をおろした。

「優希君、だいじょうぶ？」

いたわりの言葉をかけつつも、手は彼の下半身へ。ワンピースの裾を摘まみ、そろそろとめくった。

優希はじっとしていた。瞼を閉じているが、何が行われるのかわかっているはず。虚脱状態で動けないのではなく、新たな展開に期待をふくらませているのではなかろうか。

(恵令奈ちゃん、涼花さんが帰ってくるってわかってたんだな)

こうなると予想していたというより、これが美少女の計略そのものだったのだ。淫らな交歓に、一番上の姉を巻き込むことが。

小夏を引き入れたときにはお株を奪われたから、今回はきっちりリードするつもりでいるらしい。実際、すべては彼女の思惑どおりに進んでいるようだ。

優希の股間があらわになる。さっきの猛々しさが嘘のように、白い薄物はわずかに盛りあがっているのみ。そこにはいくつものシミが見て取れた。

「これが精液の匂い……」

涼花が小鼻をふくらませ、悩ましげに眉根を寄せた。

「パンツがベトベトで気持ち悪いんじゃない？　脱がせてあげて」

彼女は妹に言われるがままだった。女装っ子の細腰を抱えるようにして、小さな下着を引きおろす。優希がおしりを浮かせて協力したのは、二十歳の従姉に甘えたい気分になっていたためかもしれない。

それでも隠されていた部分があらわになると、両手で顔を覆った。いかにも女の子という恥じらいっぷりだ。

「……可愛いわ」

無毛の性器を目の当たりにして、涼花がうっとりした顔を見せる。包皮を戻し、ピンク色の亀頭が先っちょしか見えていないあどけない眺めゆえ、処女でも怖じけずに済んだのではないか。

ナマ白い秘茎には、同じ色の粘液がまといついていた。涼花が粘つくものを二本の指で摘まみ、ヌルヌルした感触を確認する。さらに、指を鼻先にかざして嗅いだ。

「スズ姉、精液って初めてだよね」

恵令奈の問いかけにも無言でうなずく。バージンなのにここまでできるのは、性器以外は女の子にしか見えない美少年だからだろう。

「じゃあ、オチ×チンを拭いてあげて」

「あ、うん」

ウェットティッシュを渡されて、涼花は疑似美少女の陰部を丁寧に清めた。サオばかりでなく、タマのほうも。初めて触れるはずなのに、ちゃんと包皮を剝いてくびれまであらわにしたのは、愛読書でペニスの構造を学んでいたおかげではなかろうか。

「うう」

優希が呻く。敏感なところを刺激され、感じないわけがない。しかも、綺麗なお姉さんにさわられているのだ。

当然、その部分はムクムクと膨張する。

「え、え？」

しなやかな指で捉えられた若茎が伸びあがる。太さも増して、涼花は抑え込むみたいに握り込んだ。

それが快い圧迫となったようで、可愛らしい外見には似つかわしくない牡器官が正体を現す。

「すごい……こんなに大きくなるの？」

手の中で脈打つモノに、女子大生が驚嘆の眼差しを向ける。初めて目にし、握っているのに、少しも嫌悪の感情を示さない。

(涼花さんも、こういうことに興味があったんだな)

本人を前にして納得させられる。もちろん、男なら誰でもいいわけではあるまい。キュートな女装少年だからこそ、思いのままに振る舞えるのだ。

「スズ姉も、ユウちゃんを射精させたら?」

恵令奈に言われて、涼花が肩をピクッと震わせる。もしかしたら、そうしたいと考えていたのではないか。

「でも、やったことないから……」

ためらいを口にし、手にした強ばりをニギニギする。小説や漫画で学んでいても、実際にできるかどうか自信がないのだろう。

「だったら教えてあげる。ほら直也、脱いで」

いきなり命令され、直也はギョッとした。

「え、脱ぐ?」

「ズボンとパンツを脱ぐの。スズ姉に、オチ×チンをシコシコするやり方を教えるんだから」

別の筒肉を用いて、姉に愛撫方法をレクチャーするつもりなのか。

(じゃあ、恵令奈ちゃんが僕のを——)

さっきから疼きまくっていた分身を、美少女がしごいてくれるのだ。そうとわかったらためらいも消え失せ、ズボンとブリーフをまとめて脱ぎおろす。

ぺちん——。

亀頭がゴムに引っかかり、勢いよく反り返って下腹を叩いた。

「あ」

涼花が声を洩らす。その視線は、手にしたモノとは別の秘茎をしっかり捉えていた。

（ああ、見られた）

恥ずかしさよりも、誇らしい気持ちのほうが大きい。彼女が目を見開き、ナマ唾を呑んだのがわかったからだ。

「やっぱりタッてたのね。ひょっとして、ユウちゃんのボッキしたオチ×チンをさわったときから？」

事実だったが、直也は黙っていた。同性のモノに昂奮したなんて、涼花に知られたくなかったのだ。

けれど、彼女が興味を惹かれたみたいに目を輝かせたものだから、大いに戸惑う。男同士のそういうことにも関心があるのだろうか。

（そういうの、ボーイズラブっていうんだよな）

中学時代、一部の女子が夢中になっていたから知っていた。もしかしたら、ベッドの下に隠してあった本の中に、その類いのものがあったのかもしれない。

「じゃあ、直也はこっち」

肩を押され、ベッドに仰向けた優希を挟んで、涼花の反対側に腰掛ける。恵令奈も隣に坐った。

「ほら、こうするの」

反り返るイチモツを、美少女がさっそく握ってくれる。包皮を巧みに上下され、直也はのけ反って「あふぅ」と喘いだ。

「直也クン、気持ちいいの？」

涼花の問いかけに、「は、はい」と返事の声を震わせる。前にされたときよりも、格段に快かったのだ。

（ひょっとして、優希ちゃんで練習したんだろうか）

前に三人でしたあとにも女装少年を弄んで、恵令奈はさらなるテクニックを身につけたのかもしれない。

「……これでいいの？」

妹の手コキを参考に、自らも試みる姉。

「そうじゃなくって、外側の皮を動かすの」

「皮……」

握り直し、見よう見まねで手を上下させるうちに、涼花もコツを掴んだようだ。

その証拠に、

「あ、ああ、いや」

優希が声をあげ、腰をくねらせる。従姉の女子大生にしごかれて感じているのだ。

「うん。けっこうじょうずじゃない」

恵令奈に褒められ、照れくさそうに頬を緩めた涼花であったが、

「ねえ、恵令奈って、もう経験してるの？」

恐る恐るというふうに問いかける。男を悦ばせるすべを会得している末っ子が、すでにロストバージンをしているのではないかと気になったようだ。

「想像に任せるわ」

はぐらかすのは、恵令奈のいつもの手だ。実際のところ、最後の一線は越えていないのである。

それでも、涼花はイエスだと受け止めたのか、眉間のシワを深くした。

「そんなことよりも、見て。ふたりともガマン汁を出してる」

恵令奈が話を逸らす。二本の屹立は、どちらも鈴口に透明な粘液を溜めていた。間もなく表面張力の限界を超えて滴り、上下する包皮に巻き込まれてニチャニチャと卑猥な音をたてる。

「これが……」

涼花がつぶやく。粘っこいそれがどういうものか知っているようで、いっそう男性器に対する興味が湧いたらしい。

「ねえ、直也君のもさわらせて」

もうひとつの強ばりの感触も、確かめたくなったようだ。

「どうぞ」

恵令奈が手を離すと、涼花が身を乗り出す。優希から直也へと右手を移した。

(え、マジで?)

憧れのお姉さんに握ってもらえるのか。心を沸き立たせたのと同時に、しなやかな指が屹立に巻きついた。

「ううう」

たまらず呻き、膝を震わせる。しっとりと包み込まれる感触は、恵令奈や小夏、それから優希とも異なっていた。

(すごい……気持ちよすぎる)

柔らかな手と分身が、一体となって溶け合うよう。経験こそなくても、大人の余裕が感じられる握り方であった。

おかげで、急速に上昇する。

「うーん、大きさは優希君のほうが上だけど、直也君のはすごく硬いわ」

絡みつけた指に強弱をつけられ、ますます危うくなる。

「す、涼花さん、僕もう」

ハッハッと息をはずませて告げても、バージンの女子大生にはすぐに伝わらなかった。代わりに末っ子が、

「直也、イッちゃいそうなんだよ」

と、教えてくれる。

「え、ホントに?」

「スズ姉の手が、それだけキモチいいんじゃない? なんてったって、直也はスズ姉がオナニーをするところを見て、こっそりシコシコしてたんだから」

唐突な暴露に、慌てたのは直也ではなく、涼花のほうであった。

「う、ウソ」

反射的にか、勃起をギュッと握る。

「ウソじゃないわよ。引っ越しの初日に、スズ姉はオナニーをしたでしょ。カーテンもつけてないのにさ。直也の部屋は向かいだから、バッチリ見えてたんだよ」

妹に説明されて何も言えなくなったのは、ハレンチな格好で自らをまさぐったのが事実だったからだ。涼花は羞恥に頬を染め、目を潤ませた。

「もう……いけない子ね」

彼女に睨まれて、直也は「ごめんなさい」と謝った。わざと見せたわけじゃなかったんだとわかり、安心もする。

「だったら、お返しにイカせてあげれば？」

「ん……」

ちょっとだけ迷いを浮かべたあと、涼花が手を上下に動かす。もともとは優希を射精させるために始めたことだが、その瞬間が見られればどちらでもかまわないのか。

（僕、涼花さんにイカされるのか……）

願ってもない展開に、快感がぐんぐん高まる。時間をかけることなく、直也は限界を迎えた。

「ああ、あ、出ます」

切羽詰まった訴えに無言でうなずき、年上の女子大生が手の動きを速める。このまま昇りつめたら、青くさい粘液が飛び散って、カーペットを汚すことになるのに。そうなってもかまわないほどに、牡の絶頂を目撃したいのだ。

「あ、あ、あ、す、涼花さんっ」

名前を口にするなり、めくるめく歓喜が襲来する。直也は腰をガクガクとはずませ、濃厚なエキスを勢いよく噴きあげた。

「キャッ」

白い粘液が宙を舞うなり、涼花が悲鳴をあげてペニスから手を離す。すると、すかさず恵令奈が握り、脈打つモノをしごいてくれた。

おかげで、直也は深い悦びにひたり、香り高い精汁をたっぷりとほとばしらせた。

（ああ、こんなのって……）

姉から妹へのバトンタッチ、いや、ペニスタッチでイカされるなんて。最後の一滴がトロリと溢れるまで奉仕され、全身が甘美な気怠さにまみれた。

「すごい……今のが射精？」

驚嘆の面持ちを見せる涼花に、妹がお説教をする。

「スズ姉、男の子は精液が出てるときにシコシコされるのが、一番キモチいいんだよ。だから、最後まで手を止めちゃいけないの。そうやって感じさせてあげれば、精液もいっぱい出るんだからね」

「そ、そうなの？　ごめんね」

長女が恐縮する。これではどっちが年上かわからない。

(そう言えば、恵令奈ちゃんに初めてイカされたときも、出ているときにちゃんとしごいてくれたんだよな)

彼女も同時に絶頂したから、あれは無意識にしたのだと思っていた。そうではなく、事前にきちんと学んでいたらしい。おそらく優希を弄ぶ中で。

カーペットに飛び散った白濁液を、姉妹ふたりが後始末する。ウェットティッシュも使って、シミにならないように。

それから、涼花が直也の前に膝をついた。優希にもそうしたように、ペニスを丁寧に清める。力を失い、鈴割れに半透明の雫を光らせるものを。

「あ、う、くうぅ」

オルガスムス後で、亀頭は過敏になっている。それを濡れた薄紙で刺激され、強烈な快美が生じた。しかも、憧れのお姉さんに奉仕されているのだ。

もっとも、おびただしく放精したあとだから、直ちに復活とはならない。わずかにふくらんだ程度であった。

「もう大きくならないのかしら」

涼花が残念そうにつぶやく。すると、

「だったら、フェラしてあげれば？　そうすればボッキすると思うけど」

恵令奈が声をかけた。

「え、わたしが？」

さすがに躊躇した姉に、妹がアドバイスをする。

「直也はスズ姉が好きみたいだし、おしゃぶりすればすぐ元気になるわよ」

どこかやっかむような口振りであった。

三姉妹の中で、涼花にもっとも惹かれたのは事実だ。それは恵令奈にも打ち明けていなかったが、視線や態度から見抜かれたらしい。

《ホントなの?》

そう言いたげな目で、綺麗なお姉さんに見つめられる。直也はうろたえた。

五つも年下だし、男女の対等な関係になれるはずがない。射精に導かれたけれど、ただの性的な戯れなのだ。

そうとわかっているから、告白なんてできない。それに、彼女への気持ちが本当の恋なのかどうか、直也もよくわからなかった。

黙りこくっていると、涼花が小さくうなずく。

「初めてだし、じょうずじゃないと思うけど、ごめんね」

独りごちるように言って、手にした秘茎の真上に顔を伏せた。

(え、マジで!?)

直也は焦った。まさか本当にするとは思わなかったのだ。

「あの、ちょっと」

焦って声をかけたものの、包皮を剝かれた亀頭が唇の内側に吸い込まれる。

「むはッ」

喘ぎの固まりが喉から飛び出し、腰がガクンとはずんだ。

(嘘だろ……)

奔放な恵令奈や、好奇心旺盛だった小夏はともかく、淑やかさを絵に描いたような涼花までこんなことをするなんて。

セクシーな格好で自慰をしても、あくまでもプライベートの範疇だ。妹や従弟もいるのに、どうしてここまでできるのか。

(もしかしたら、ずっとしてみたかったのかも)

年下の少年にいやらしいことをするのは、小説や漫画の世界だから許されるのであって、実現は困難だろう。それが叶う機会に恵まれて、自制心を失っているのかもしれない。

そのおかげで、憧れのひとにしゃぶってもらえるのならラッキーだ。

ピチャピチャ……。

涼花が口の中で、亀頭を飴玉みたいに転がす。舌が敏感な粘膜に戯れ、くすぐったい快さに直也はひたった。

(涼花さんが僕のペニスを――)

初対面で憧れを抱いたときだって、こんなことになるとは夢想すらしなかった。

それから二週間も経っていないのに、信じられないほどたくさんの経験をした。

ジェットコースターで駆け抜けたというか、いっそ夢でも見ているような気分だ。

けれど、くすぐったいような快感が、これが夢ではないと教えてくれる。

優希がのろのろと身を起こす。涼花がフェラチオをしているのを見て、複雑な面持ちになった。自分が先にしてもらいたかったのだろうか。

ただ、昂奮しているのは間違いない。勃ちっぱなしのペニスが反り返り、紅潮した頭部を下腹にくっつけていた。

(うわ、すごい)

同性の猛々しいエレクトを目の当たりにして、直也も煽られるみたいに昂った。

「す、涼花さん」

間が持たずに名前を呼び、ベッドの上で尻をよじる。唾液をたっぷりとまといつかされた分身が、一気に伸びあがった。

「ん——」

口内で膨張するモノに、涼花が目を丸くする。どうにか舌を絡みつかせようとしたらしいが、諦めて顔をあげた。

「ふはっ」

ひと息つき、そそり立つ肉根を感慨深げに見つめる。

「わたしのおしゃぶりで大きくなったのね」

手柄を立てた心境なのか、細まった目が嬉しそうだ。

「……ねえ、さっき恵令奈が言ってたけど、直也君は優希君のこれ――オチ×チンをさわったの？」

上目づかいで訊ねられ、直也は返答に詰まった。代わりに、恵令奈が暴露する。

「さわっただけじゃないわ。シコシコしてイカせたんだから。それからフェラチオもして、精液をおクチに出させたし。まあ、それはユウちゃんも同じなんだけど」

ふたりの少年がお互いに快感を与え合ったと知り、涼花が目を輝かせる。

「スズ姉も見たいんでしょ。BLも好きだもんね。ショタ限定だけど」

BLがボーイズラブの略だというのはわかる。さっきの反応からもしやと思ったとおり、彼女は少年同士のそういう行為にも興味津々なのだ。

「ただ、ふたりともゲイじゃないわよ。ユウちゃんが可愛すぎるから、直也はその気になっただけ。ユウちゃんのほうも、女の子になりきってたからできたのよ」

疑惑を持たれないための説明も、涼花にはどうでもよかったらしい。いたいけな少年たちが、ひとりは女の子の格好をして禁断の行為に及んだのである。ショ夕好きの彼女には大好物なシチュエーションに違いなかった。

「ほら、スズ姉が見たがってるわよ。ふたりでシコシコしなさい」

恵令奈に命じられ、直也は優希と顔を見合わせた。涼花の前でというのは、やはり抵抗があったのだ。

それでも、優希がこちらへ手をのばす。直也もためらいが薄らぎ、気がつけば手を前で交差させ、ほぼ同時に相手の屹立を握っていた。

「あうう」

「あん、ダメぇ」

ふたりの喘ぎも交錯する。

優希のペニスは熱かった。しばらく放っておかれていたのに、ずっと熱を帯びていたのだろうか。

「直也クンの、すごく硬い」

慣れた手つきでしごかれ、屹立が甘い痺れを帯びる。

「ゆ、優希ちゃんのだって」

しっかり根を張った筒肉に、指の輪をすべらせる。著しい脈打ちで、感じてくれているとわかった。

「やん、ホントにしちゃってるぅ」

カーペットの床にぺたりと坐った涼花は、少年と女装っ子の愛撫交歓に、すっかり魅せられている様子だ。両手を太腿で挟み、腰をモジモジさせている。

姉のそんな反応に気をよくしたか、恵令奈が新たな命令を下した。

「ユウちゃん、直也のをしゃぶってあげて」

優希がためらうことなく頭を下げる。直也は彼のモノから手を離し、両手を後ろに突いて受け入れる体勢になった。

「ううう」

温かく濡れたものに、ペニスが中ほどまで包まれる。呻いて腰を震わせると、舌がてろてろと這い回った。

「直也、ユウちゃんのフェラはどう？」

感想を求められ、「すごく気持ちいい」と答える。続いて、

「スズ姉とどっちがじょうず？」

比較する問いを投げかけられたが、直也は黙っていた。答えるまでもないことだし、涼花に失礼だと思ったからだ。

もっとも、恵令奈にはお見通しだったようである。

「ま、ユウちゃんのほうがじょうずに決まってるわよね。男同士だから、どうすれば気持ちいいのかちゃんとわかるし」

　これに、涼花が納得の面持ちでうなずく。彼女はさっき初めて挑戦したのだし、劣っていて当然と思っているのだ。

　そして、まばたきをするのも惜しむみたいに、女装した従弟の性技を凝視する。涼花の手は、ほぼ股間に密着しているようだ。ワンピース越しに、敏感なところを圧迫しているのではないか。

（涼花さん、別人みたいだ）

　快さにひたりつつ、直也は綺麗なお姉さんの変化に戸惑いを隠せなかった。声をかけられただけでドキドキした初対面での印象は、偽りの姿だったのか。

　いや、そうではない。彼女は心から求めていたものを差し出され、普段は見せない素が出ているだけなのだ。あの日、セクシーなインナーをまとって自慰に耽ったのと同じように。

　人間には様々な側面がある。これもそのひとつであり、涼花自身であることに変わりはない。優希だって、今は女の子になりきっているが、少年らしい一面だってあるのだろう。

「そこでストップ」

恵令奈が声をかける。疑似美少女は舌の動きを止め、ゆっくりと頭をあげた。

「え、どうして？」

涼花が不満げに妹を振り仰ぐ。もっと見ていたかったらしい。

「このまま続けてたら、直也がイッちゃうじゃない。ユウちゃんはフェラがうまいんだから」

言われて、それもそうかという顔を見せたものの、

「次はスズ姉が、ふたりに恥ずかしいところを見せる番だよ」

末っ子の宣告に、長女は狼狽した。

3

シャワーを浴びるか、せめてトイレでビデを使わせてほしいと涼花は哀願した。洗っていない秘部を、少年たちの前に晒したくなかったようだ。

「そんなのダメよ。直也はくっさいオマ×コをクンクンするのが好きなんだし、ニオイがしなかったら舐めてくれないわよ」

恵令奈の指摘に、彼女が絶望を浮かべる。おそらく予想していたのであろうが、クンニリングスをされると確定したからだ。しかも、正直すぎる匂いと味を知られるのである。

「直也もユウちゃんも、クンニがうまいんだから。エレナだって何回もイカされちゃったし、スズ姉もヒイヒイよがっちゃうんじゃない」

露骨なことを言われて、逆にその気になったらしい。少年を弄ぶばかりでなく、奉仕されることも密かに夢に描いていたと見える。

「ほら、さっさとパンツを脱いで」

急かされて、涼花はワンピースの裾から手を入れた。頬が赤らみ、目もあやしくきらめいていたから、期待が羞恥を凌駕したようだ。

彼女は命じられるまま、ベッドに仰向けで寝そべった。膝を立てて脚を開いたが、肝腎なところを晒す前に、両手で顔を覆う。

「さ、スズ姉のオマ×コ、ご開帳よ」

臑まで隠すワンピースのスカート部分を、恵令奈は大きくめくった。裸の腰回りが、すべてあらわになるところまで。

「ああ」

涼花が嘆く。しゃくりあげるように肩を震わせた。妹に従弟、さらに隣家の少年にまで、恥ずかしいところを見られるのだ。並大抵の恥ずかしさではあるまい。

さすがに可哀想かと思ったものの、

「どっちが先に見る？」

恵令奈に訊かれて、直也は真っ先に手を挙げた。結局のところ見たかったのだ。

「やっぱりスズ姉がいいのね」

不機嫌そうに睨まれても、かまわずベッドに上がる。胸を高鳴らせ、涼花の脚のあいだに屈み込んだ。下半身すっぽんぽんで尻を掲げた、みっともない格好を恥じることもなく。

生白い内腿が漂わせるのは、ミルクのような甘ったるい香りだ。その突き当たり、縮れた秘毛が繁茂するところから、より荒んだ趣の媚薫が漂ってきた。

（これが涼花さんの——）

鼻を蠢かせ、目を凝らす。しかし、彼女の秘毛はかなり濃くて、秘めやかな佇まいを捉えられなかった。確認するには、毛をかき分ける必要がある。

（さわってもいいのかな？）

勝手に触れるのはまずいだろう。さりとて、許可を求めるのもためらわれ、直

也が焦れていると、

「スズ姉って、やっぱりボーボーだね」

脇から覗き込んだ恵令奈が、ストレートに指摘した。

「ば、バカッ」

涼花が涙声で非難するのもかまわず、

「これじゃオマ×コがよく見えないね。毛が邪魔だもん」

美少女が手をのばし、叢を左右に分けてくれる。おかげで、いびつな花びらがほころんだ様を見ることができた。

(こんなふうなのか、涼花さんのって)

磯の生物のようで生々しい。小夏や恵令奈と比べれば、いかにも大人の性器という印象だ。

セックスを経験しなくても、ただの割れ目がここまで変化するものなのか。引き出しにあったバイブを挿入し、快感を得た影響があるのかもしれない。

「じゃあ、クンニしてあげて」

恵令奈に言われて、直也は女芯に顔を近づけた。濃密になった秘臭に、少し怯みながら。

妹ふたりのそこは、チーズっぽいフレーバーであった。長女のものは汗っぽい酸味と、放尿の残り香が強い。毛が濃いぶん出たものが付着しやすく、拭いてもアンモニア臭が残るのではないか。

綺麗なお姉さんのアソコが、オシッコくさいなんて。匂いそのものよりもギャップに昂り、恵令奈たちとは違った意味で昂奮する。そのため、口をつけることにもためらいを感じなかった。

「ひ――」

湿ったところに唇を密着させるなり、涼花がお化けに遭遇したみたいな声を洩らす。反射的に閉じられた内腿が、頭を挟み込んだ。

むっちりしたお肉は、肌のなめらかさも相まって、極上の感触だ。ますます劣情が煽られて、直也は舌を恥割れに差し入れた。

「あ、あっ」

焦ったような声が聞こえ、内腿の圧迫感が強まる。

(涼花さん、感じてるんだ)

嬉しくなって、直也は敏感な尖りを探索した。憧れの年上女性を、もっと乱れさせるために。

涼花の秘苑は、妹ふたりよりも塩気が顕著だった。これも放尿の名残なのだろうか。何かがポロポロと剝がれる感じもあったから、恥垢も溜まっていたようである。

(よく見ておけばよかったな)

あからさまな汚れを確認すれば、もっと昂奮したであろう。

「あ、あ、あ、そこダメぇ」

ひときわ大きなよがり声が放たれる。

(よし、これだ)

ふくらみつつある花の芽を、舌先ではじく。温かな蜜がじゅわりと溢れると、内腿の締めつけが弛んだ。

「くうう、あ、いやぁ」

だらしなく脚を開き、少年の舌奉仕を受け入れる女子大生。妹も見ている前で、「あん、ああっ」とあられもなくよがる。

「うるさいなあ、スズ姉は。真っ昼間からこれだと、ご近所に迷惑だよ」

あきれた口調でなじった恵令奈が、優希に何やら指示したようだ。直也はクンニリングスに夢中で、何をしているのかわからなかったが、

「むううぅ」

涼花がくぐもった呻きをこぼしたことで察する。

(フェラチオをさせてるんだ)

上目づかいで確認すれば、くりんと愛らしいおしりと、割れ目の下側に無毛の玉袋が見えた。優希が従姉の顔を跨ぎ、ペニスをしゃぶらせているのである。

「あん、お姉ちゃん、気持ちいい」

疑似美少女が、悦びに声を震わせる。谷底の可愛いツボミがキュッとすぼまった。

(こんなの、エロすぎるよ)

自分がしゃぶられているわけでもないのに、股間がムズムズする。涼花の稚拙な舌づかいを思い出し、悩ましくなった。

「ほら、直也も頑張って。スズ姉をイカせてあげるのよ」

背後から恵令奈の声がして、舌の律動を再開させる。その直後、下半身がくすぐったい快さにひたった。

(え、恵令奈ちゃん?)

陰嚢に何かが這い回っている。美少女の舌だ。ひとりだけすることがなくて、タマ舐めで時間を潰すことにしたらしい。

だが、それだけのことで、彼女が満足できるはずがない。

ヴヴヴヴヴヴ──。

聞き覚えのある機械音がした。電マのスイッチを入れたのだ。そして、振動する丸い頭部が、反り返る秘茎のくびれ部分に当てられる。

「うあ、あ、ちょっと」

たまらず女芯から口をはずすと、尻をぴしゃりと叩かれた。

「ちゃんとクンニを続けなさい。スズ姉をイカせられたらはずしてあげるわ」

ということは、時間がかかったらこっちが爆発する羽目になる。

優希が電マを当てられてよがったとき、そんなにいいのなら自分も体験してみたいと思った。それが叶ったわけであるが、マシンの振動は予想以上に強烈だ。

(これ、かなりすごいぞ)

しごくのとも、しゃぶられるのとも異なる気持ちよさ。ペニス全体が電マと一体化し、震えを共有しているようだ。

その震えが陰嚢から会陰、肛門にまで伝わる。直也は焦って括約筋をすぼめた。

すると、そこにチュッとキスをされた。

「むはッ」

熱い吐息を亜熱帯の密林に吹きかけ、腰をガクンとはずませる。

「直也もおしりの穴が感じるのね」

愉快そうに言った恵令奈が、舌をチロチロと動かす。自分もさんざんねぶられたから、お返しのつもりなのか。

（うう、まずい）

アヌスを起点に広がるくすぐったい気持ちよさが、電マの快感を高める。このままでは遠からずイカされてしまう。

今日は恵令奈のバージンをもらえるのではないかと期待していたのである。もしかしたら、涼花とも体験できるかもしれない。

その前に二回も果ててしまったら、せっかくのチャンスを逃してしまう。ここは何としても耐えねばならない。

とにかく涼花を絶頂させなければと、秘核を重点的に攻める。舌ではじき、すぼめた唇で吸いたてた。

「むッ、ウ——ぐふっ」

男根を口に突き立てられたまま、二十歳の女子大生が喘ぐ。それでも、懸命に覚えたての奉仕に励んでいるのか、チュパッと舌鼓を打つのが聞こえた。

「あ、お、お姉ちゃぁあん」

女装っ子も悦びに喘ぐ。ただひとり、快感を与えられていない恵令奈は、電マで牡器官を嬲りつつ、アヌスや陰嚢に舌を這わせた。

(早くしないと——)

直也は焦りつつも、クンニリングスに集中した。自分が危ういのもそうだったが、涼花が昇りつめるところを見たかったのだ。

「むっ、う、ふぅうう」

呻く彼女のヒップが、シーツから浮きあがっては落ちる。その間隔が短くなった。

(きっともうすぐだ)

舐めすぎて舌が痛くなっていたが、我慢して奉仕に励んでいると、

「あ、だ、ダメぇ」

優希が先に限界を迎えたようだ。

「イヤイヤ、い、イク、出ちゃうぅ」

男子とは思えない甲高いアクメ声に続いて、「グッ、ぐふッ」と涼花が噎せる。

喉の奥に粘っこいエキスを注がれたのだ。

そして、苦しさに耐えきれず、従弟を押し退けたらしい。

「キャッ」

悲鳴とともに、女装少年が転がる。続いて、

「ゴホッ、ケホッ——あ、ああっ、イクイク、い、イッちゃふぅううっ！」

咳き込みながらも、涼花が頂上に駆けあがった。裸の腰をガクガクとはずませて。

（やった。涼花さんをイカせたんだ）

ようやく達成したことで、気持ちが緩んだらしい。ずっと刺激されていた分身が、唐突に臨界を突破した。

「あ、ああ、あああっ」

情けない声をあげて、めくるめく瞬間を迎える。

びゅくんッ——。

しゃくりあげた強ばりの中心を、熱いものが貫いた。

「う、あ、くううう」

呻いて、青くさいエキスを幾度にも分けてほとばしらせる。

（これ、ホントに気持ちいい……）

振動を受けながらの射精で、下半身が甘美な痺れを帯びる。優希があれだけ派手に昇りつめた理由がわかった気がした。

「すごぉい。三人ともイッちゃった」

恵令奈の声が、やけに遠くから聞こえた。

4

「スズ姉、エッチしたいでしょ？」

ベッドに横臥し、ぐったりとなっていた涼花が、恵令奈の問いかけに肩をピクッと震わせる。

「……え？」

顔をあげ、ベッドの脇に立つ妹を見た。

「どうせロストバージンするのなら、直也やユウちゃんぐらいの男の子がいいよね。こんなチャンス、滅多にないんだし」

誘いの言葉に、ショタ女子大生の目がきらめく。わずかなためらいが表情に浮かんだようであったが、すぐに消えた。

「うん……したい」

答えて身を起こし、同じくベッドに転がっていた直也と優希を交互に見る。それから、ふたりのペニスも。どちらも射精後で萎えていたが、大きくなったときの姿も思い出しているに違いない。

初めての相手をどちらにするか迷っているのだと悟り、直也は胸の内で名乗りをあげた。

(涼花さん、僕と――)

記念すべき初めての相手だ。是非ともその栄誉にあずかりたかった。

ところが、

「じゃあ、優希君と」

あっ気なく落選し、がっかりする。

「なるほど。ユウちゃんのほうが、オチ×チンがおっきいもんね」

恵令奈の指摘に、涼花は狼狽してかぶりを振った。

「それが理由じゃないわよ。優希君は女の子みたいに可愛いし、あんまり男オトコしてないから」

同性と戯れるような感覚で初体験ができて、気持ちが楽だと考えたらしい。

「ま、べつにいいけど。だったら、ユウちゃんは服を着たままのほうがいいよね」

「うん」

「だけど、スズ姉はちゃんと脱がないと。ユウちゃんをボッキさせなくちゃいけないんだし、裸ぐらい見せてあげなくちゃ」

「あ、うん。そうね……」

ここまでさんざん恥ずかしいことをしてきたから、肌を晒すぐらい何でもなかったのか。二十歳の女子大生は即座にワンピースを脱ぎ、ブラジャーもはずした。

(ああ……)

一糸まとわぬヌードに、直也は感動の眼差しを注いだ。かたちの良いおっぱいと、すっきりして細いウエスト。プロポーションも抜群だ。

最初の晩にもパンティのみのセミヌードや、薄いナイティをまとったセクシーな姿を目にした。当然ながら、それ以上に魅力的である。何しろ肌の甘ったるい匂いがわかるほど、近くにいるのだから。

ところが、眼福の時間はそこまでだった。

「ほら、直也はこっち」

恵令奈に呼ばれて我に返る。

「え？」

「スズ姉の初体験を邪魔しちゃダメじゃない」

言われて、相手に選ばれなかったことを思い出す。

「う、うん」

未練を引きずり、直也はベッドを降りた。

「さ、優希君」

涼花は、まだぼんやりしている女装っ子の手を引いて起こし、裸の胸に抱きしめた。顔をあげさせ、唇を重ねる。

（ああ、いいなあ）

いとこ同士のくちづけに、直也は羨望の眼差しを向けた。

嫉妬の感情は、それほど強くなかった。涼花の処女を他の男に奪われる気がしなかったからである。

なぜなら、愛らしい装いの優希は、丸っきり女の子にしか見えなかったから。

「突っ立ってないで坐ったら?」

恵令奈に言われて、直也は腰をおろした。すでにカーペットの上に坐っていた美少女の隣に。

抱き合って唇を交わすふたり。優希の背中にあった涼花の手が下降し、ミニ丈のワンピースをたくしあげる。小ぶりのヒップをあらわにすると、ふっくらした丸みを揉むように撫でた。

「ンふぅ」

疑似美少女が身をくねらせ、悩ましげに喘ぐ。しなやかな指は、谷間にすべり込んでいた。汗で湿りがちなミゾだけでなく、アヌスも悪戯しているのだろうか。

それはお姉さんがいたいけな少女を弄ぶ、禁断のレズシーンにしか見えなかった。

(すごく綺麗だ……)

同時にエロチックでもある。萎えていた秘茎に、情欲の血液が流れ込むほどに。

それを悟ったかのように、恵令奈の手がのばされた。

「うっ」

膨張しつつある牡器官を握られ、快さがじんわりと広がる。

「また大きくなるの？」

横目で睨まれ、直也は首を縮めた。

「だって、恵令奈ちゃんがさわるから」

「その前からふくらんでたみたいだけど」

事実だったから黙りこくる。恵令奈もそれ以上は追及せず、手にしたモノを軽やかにしごいた。

おかげで分身が力を漲らせ、逞しく反り返る。

「二回も出したのに、こんなに硬いじゃない」

つぶやくように言った美少女が、カーペットの上で腰をくねらせる。どこか悩ましげであった。

(恵令奈ちゃんもさわってほしいのかも)

そろそろと手をのばし、ミニスカートからはみ出した太腿に触れる。その瞬間、膝がピクッと震えたものの、拒絶の言葉はなかった。

それどころか、歓迎するように膝を離す。

(やっぱり……)

なめらかな若腿をすりすりと撫でながら、手を奥へと移動させる。スカートの中へと侵入し、突き当たりに到着する前から、指は熱気を捉えた。

(もう濡れてるのかも)

予想したとおり、秘め園をガードする薄布はじっとりと湿っていた。

考えてみれば、恵令奈は淫らな行為を見物し、時おり愛撫する側に参加しただけで、自身は何もされなかったのである。昂りを解消される機会がなかったから、下着が濡れているのも当然だ。

もしかしたら、口には出さずとも、ずっとさわってほしかったのではないか。

そう考えたら可哀想になって、直也は細いクロッチを横にずらした。直にしたほうが気持ちいいだろうと考えたのだ。

すると、彼女が咎めるように眉をひそめる。

「エッチ」

なじりながらも、脚を閉じようとしない。本当はしてもらいたいのだと解釈し、濡れミゾを指先でなぞる。

「ううン」

案の定、恵令奈は腰をよじり、艶めいた反応を示した。より感じさせるべく、敏感な肉芽がひそんでいるところを狙うと、しかめっ面がいやらしく和らぐ。

「なによ、今日は積極的じゃない」

相変わらずの上から目線。そのくせ声を震わせ、息をはずませるのがいじらしい。

もっと乱れさせたくなって、直也は秘核を優しく刺激した。

「あ、あ、ううう、そ、そこぉ」

お気に入りのポイントを攻められて、恵令奈がよがる。ふんふんと鼻息をこぼしながらも屹立の握りを強め、せわしなくしごき立てた。

ふたりが互いの性器をいじり合うあいだに、涼花は愛らしい従弟をベッドに横たえさせた。

ワンピースの裾をめくれば、若茎は八割がた膨張していた。くちづけとおしりへの愛撫で、そこまで復活したらしい。

「もうこんなになってくれたのね」

嬉しそうに口許をほころばせ、少女の身なりには不似合いな筒肉を握る。手を数回上下させただけで、それはがっちりと根を張ったようだ。

「あん、元気」

うっとりした面差しを浮かべる女子大生。処女とは思えない色気が感じられる。

二十歳だし、経験がなくても大人なのだ。だからこそペニスを握られたときも、安心して身を委ねられる心地がしたのである。

「また舐めてあげるね」

涼花が顔を伏せる。天井に向けて立たせたモノを、真上から呑み込んだ。

「ああっ、お、お姉ちゃんっ」

従姉のおしゃぶりに、優希がからだをブルッと震わせる。いたいけな反応が、母性本能をくすぐったのだろうか。

「ん……ンぅ」

涼花が小鼻をふくらませ、熱心に吸茎する。慈しむように舌を使っているようだ。さらに頭も上下させ、すぼめた唇で硬棹をこする。

「いやぁ、き、キモチいいのぉ」

女装少年が頭を振って悦びを口にする。それを受けて嬉しそうに目を細めた涼花には余裕が感じられた。

(涼花さん、本当にバージンなんだろうか)

つい疑ってしまう。もっとも、恵令奈だって挿入経験はなくても、慣れた手つきでペニスをしごいているのだ。

「うらやましいの？」

訊ねられ、ハッとして隣を見る。いつの間にか、訝る眼差しが向けられていた。

「あ、いや」

「エレナもフェラしてあげようか？」

申し出に、ついうなずきそうになった直也であったが、指に絡む粘っこい愛液に気がついて思いとどまる。

「その前に、僕が恵令奈ちゃんのを舐めてあげるよ」

「え？」

「こんなに濡れてるし、恵令奈ちゃんも気持ちよくなりたいんだよね」

恥芯をいじりながら告げると、美少女が頬を染めてうろたえる。

「え、エレナは――」

迷いながらも、彼女はペニスを放し、そろそろとカーペットに身を横たえた。

「だったら、舐めてもらおうじゃないの」

口調は相変わらず高飛車ながら、目が泣きそうに潤んでいる。何だか恥ずかしがっているみたいだ。

（今日の恵令奈ちゃん、すごく可愛いな）

直也はときめきを抑えきれぬまま、ミニスカートの内側に両手を入れた。女の子の大切なところをガードするには心許ない、Tバックの下着を引きおろす。

細いクロッチは裏地も赤で、白い粘液がべっとりとこびりついていた。ずっと喰い込んでいたのだろうし、面積が狭いから分泌物を吸いきれなかったらしい。

きっと匂いも強烈なのだろう。是非とも嗅ぎたかったが、本人が見ている前でそんなことをしたら、変態と罵られるのは確実である。いや、今日の恵令奈だったら、恥ずかしくて泣き出すかもしれない。

とにかく今はクンニリングスだと、スカートをめくる。彼女は言わずとも両膝を立てて開き、毛の薄い羞恥帯を晒した。

ふわっ——。

熱気を含んだ淫香がたち昇る。前に嗅いだのより、チーズ成分と酸味が著しい。

昂奮し、嬉々として顔を埋めようとしたとき、

「あ、待って」

恵令奈が焦った声音で呼び止めた。

「え、なに?」

「エレナ、生理前だからニオイがキツいわよ、きっと」

まさかそんなことを気にするとは思わなかった。やはり何かしらの心境の変化があったというのか。

「だいじょうぶだよ」

直也の返答に、彼女は訝るように眉根を寄せた。

「なによ、だいじょうぶって」

「僕、恵令奈ちゃんのオマ×コの匂いが好きだから」

わざと露骨な発言をするなり、「ば、バカッ」と罵られる。

「ヘンなこと言わないでよ。直也って、ホントにヘンタイね」

これまでの恵令奈なら、忌《い》ま忌ましげに睨みつけてくるところであろう。ところが、今は目も合わせられない様子で、ぷいとそっぽを向く。

（可愛いなあ）

愛しさで胸をいっぱいにして、処女の恥唇にくちづける。荒々しい秘臭で、鼻奥をツンと刺激されるのに昂りながら。

「はひッ」

恵令奈が息を吸い込むように喘ぐ。剥き身のヒップを浮かせ、女芯をキュッとすぼめた。指でいじったあとだから、かなり敏感になっていたようだ。

直也は舌先でミゾをなぞり、わずかな塩気を味わった。ラブジュースが滴りそうになると、裂け目に舌を差し入れる。

ぢゅぢゅぢゅ――。

内側に溜まっていたぶんをすすると、美少女が切なさをあらわにした。

「あ……あ、直也ぁ」

名前を呼ぶ声に、親愛の情が感じられる。肉づきの薄い下腹部もヒクヒクと波打ち、悦びの深さを物語っていた。

直也は恵令奈に両膝を抱えさせ、陰部が上向くポーズを取らせた。このほうが舐めやすいし、アヌスにも快感を与えられる。

あとは秘核とツボミを往復し、舌をねちっこく躍らせた。

「うう、き、キモチいいっ」

感じているのを正直に訴えるのがいじらしい。充分に高まった頃合いを見て、クリトリスを吸いねぶり、秘肛は指でこすってあげた。

「ああっ、そ、それいいッ」

カーペットの上で下半身が跳ねる。それでもどうにか食らいつき、直也は同い年の少女を絶頂させるべく励んだ。

「ううっ、い、イキそう」

それほど時間をかけずに、恵令奈が頂に達する。ハッハッと息を荒ぶらせ、掲げた太腿を感電したみたいにわななかせた。

「あ、イクッ、イクイクイクぅ」

背中を浮かせてのけ反り、抱えていた膝を離す。

細かな痙攣を示す細腰に、直也はどうにか食らいつこうとした。けれど、彼女がころんと横臥したため、クンニリングスを続けられなかった。

「ふはっ、ハッ、はふ――」

深い呼吸を繰り返す恵令奈を、直也はそっと見守った。

赤くなった頰が、いたいけな印象を強める。高校の入学式を控えた、まだ十五歳の少女なのだ。なのに、こんないやらしいことをしているなんて。

そのとき、

「ああーン」

なまめかしい声がベッドから聞こえる。ドキッとして視線を向ければ、女装少年の腰に涼花が跨がっていた。完全に坐り込み、背すじをピンとのばして。

（してるんだ、セックス――）

処女なのに、大胆にも上になって交わるなんて。これが初体験なのは優希も同じだし、年上のほうがリードするのは自然なのかもしれないが。

(全然痛くないみたいだな)

小夏と結ばれたときを思い出す。彼女は痛みを訴え、少量だが出血もあった。ところが、涼花にはそういう様子がない。むしろうっとりした顔つきだ。

「スズ姉ってば、最初から騎乗位でハメちゃうなんて」

いつの間にか身を起こしていた恵令奈が、あきれた口振りで言う。

「平気なのかな、涼花さん」

心配になって訊ねると、美少女がきょとんとする。

「え、何が?」

「小夏さんは痛がってたのに」

「ああ」

納得顔でうなずいた恵令奈が、クスッと笑みをこぼした。

「さっき見たでしょ、バイブ。スズ姉は、あんなぶっといのをオマ×コに突っ込んでたんだもの。処女膜なんてとっくに破れてるわよ」

なるほど、あれを膣に入れていたのなら、ペニスを受け入れても平気だろう。

現に涼花は、腰を前後に振りながら「あ、あっ」と艶めいた声をあげている。初めてなのに、早くも感じている様子だ。

（これがセックスなのか……）

すでに体験していても、他人がしているのは未知の行為を見ている気分だ。それでいて大いにそそられて、股間の分身が痛いほどに硬化する。

「あうっ」

その部分に柔らかな指が巻きつき、直也は堪えようもなく呻いた。

「ガチガチじゃない。スズ姉とユウちゃんのエッチを見てコーフンしてるの？」

そんなこと、わざわざ訊くまでもない。恵令奈のほうも、返事を求めていたわけではなかったようだ。

「ひょっとして、スズ姉のバージンをもらいたかったの？」

と、別の質問を投げてくる。不安げな面持ちだし、気になったのはむしろそっちのほうなのだ。

さっきまでの直也なら、答えはイエスだったろう。けれど、他の男――見た目は少女だが――と繋がっている姿を目にしたら、不思議と諦めがついた。

何より、今はベッドの年上女性よりも、気になる女の子がいる。

「僕は涼花さんよりも、恵令奈ちゃんとしたいな」

真面目な顔で伝えると、彼女は怯んだようだ。

「だ、誰があんたなんかと」

言いかけて赤面する。目を泳がせ、手にした強ばりを強く握った。

「……ちょっと待ってて」

「え？」

「スズ姉たちが終わるまで——」

そう言い終わるか言い終わらないうちに、

「あ、あ、イッちゃう、出ちゃうぅ」

優希の切羽詰まった声が聞こえた。

見れば、涼花がリズミカルにからだをはずませていた。ベッドがギシギシと軋み、おっぱいもゼリーみたいに揺れる。

「いいよ、イッても。わたしの中に、白いのいっぱい出しなさい」

「ああ、ああっ、出る。出るよぉ」

よがり泣いた女装っ子が、背中を浮かせて弓なりになる。「う、うっ」と呻き、腰に乗った従姉を揺すりあげた。

「あ、イッてるのね、優希君」

うっとりして声をかけた涼花は、慈母のごとく穏やかな顔つきだ。体内に牡のエキスを注ぎ込まれ、命の誕生を悟ったかに映る。もちろん、本当に妊娠する可能性があったのなら、中出しなどさせないだろう。

ぐったりした優希に覆いかぶさった姉が、優しくキスをするのを見て、恵令奈が立ちあがる。無言でスカートを床に落とし、裸の下半身を晒した。

さらにトレーナーも頭から抜いて、白いキャミソールのみの格好になる。

「直也も脱いで。全部」

言われてすぐに従ったのは、彼女の声が思い詰めているみたいに聞こえたからだ。重大な決心をしたかのように。

(それじゃあ、本当に僕と?)

さっき、涼花たちが終わるまで待ってと言われたのだ。期待がこみあげ、ペニスがビクンとしゃくりあげる。

「ほら、ふたりともどいて」

ベッドの上で身を重ねたふたりを、恵令奈が追い立てる。不満げに振り仰いだ涼花であったが、妹が裸同然の格好をしているのを見て目を丸くした。

「ちょっと恵令奈」

言いかけて、何をするつもりか察したらしい。うなずいて身を起こし、優希の手を引いてベッドから降りた。

「直也、来て」

やけに怖い顔で命じられ、ちょっと怯む。だが、美少女の内心を慮り、「うん」とうなずいた。

(怖いんだな、恵令奈ちゃん)

初めてペニスを挿入された小夏が痛がったのを目撃したのだ。バイブで慣らしていた長女と異なり、次女と同じように出血する可能性は捨て切れない。二つ年下で、そのぶん肉体も成長していないのだから。

それでも受け入れる決心をしたことに、直也は大いに感激した。

ベッドに仰向けで横たわったあとも、恵令奈の表情は堅かった。唇を真一文字に引き結び、眉間にもシワを刻んでいる。

全裸になった直也が脇に膝をつくと、彼女はギョッとしたようにこちらを見あげた。隆々と聳え立つ男根が視界に入るなり、焦ったように顔を背ける。

(威張りくさっていたけど、恵令奈ちゃんも女の子なんだな)

当たり前のことに、今さら気がつく。男として、しっかりいたわってあげなくちゃいけないと思った。

今にも泣きだしそうに目を潤ませた美少女に、直也は添い寝した。

「これ、どうして脱がないの？」

キャミソールの裾を摘まんで訊ねると、彼女は渋い顔を見せた。

「エレナのおっぱいなんて小さいし、見ても面白くないでしょ」

なじるような口調で答える。確かに胸元の盛りあがりはなだらかだ。面白くないというより、幼い乳房を見せるのが恥ずかしいのだろう。女らしく発育した涼花と比較されたくないのかもしれない。

「そんなことはいいから、これ、早く挿れて」

恵令奈が牡の猛りを握る。同じことは何度もされたのに、やけに手がちんまりしているかに感じられた。

直也は同い年ながら、すでに童貞ではない。経験こそ浅くても、ここは彼女をリードしてあげるべきだ。

「わかった」

返事をして、身を重ねる。恵令奈はすぐにしがみついてきた。

胸元こそ薄物が邪魔をしているが、ほぼ裸で抱き合うことで官能的な気分にひたる。肌のぬくみと柔らかさ、そして甘いかぐわしさを、全身で感じているのだ。

とは言え、このままだと繋がるところが見えない。慣れていないから、挿入は難しい。それでも腰を浮かせ、目のないペニスで秘苑を探ろうとしたとき、脇から差し入れられた手が強ばりを握った。

涼花だ。

「わたしが導いてあげるね」

処女を卒業した余裕からか、サポートを買って出る。その声が聞こえたのか、恵令奈も両膝を立てて大きく開いた。

「ここよ」

優しいお姉さんが反り返るモノを傾け、入るべきところに先端をあてがってくれる。粘膜に濡れた熱さが染み渡り、直也も間違いなくそこだと確信できた。

「じゃあ、挿れるよ」

告げると、恵令奈が「ま、待って」と焦りを浮かべる。心の準備ができていないのかと思えば、

「ね、チュウして」

瞼を閉じ、唇を上に向けた。くちづけをすれば安心できると思ったらしい。

（ああ、本当に可愛い）

小生意気だった少女の乙女ぶりに、情愛がふくれあがる。言われたからでもなく、直也はあどけない唇を奪った。

口内発射された優希のザーメンを共有するかたちで、恵令奈とはすでにくちづけを交わしている。だが、そういう口実を抜きにするのは初めてなのだ。

おかげで、いっそう心が通い合った気がする。

どちらからともなく舌を出し、チロチロと戯れあう。唾液も交換して、本物の恋人同士になれたと思った。

「あん、オチ×チン、すごく硬い」

涼花が悩ましげにつぶやく。その部分は今にもはち切れそうなほど膨張していた。

「ねえ、キスしたまま挿れてあげたら？　恵令奈もリラックスしてるみたいだし」

年上のアドバイスに従い、直也は腰をそろそろと沈ませた。

しとどになった秘割れに、亀頭がめり込む。涼花がこすりつけるように潤滑してくれたから、すんなりと入っていきそうな感じがあった。

そのため、彼女の指が外れるなり、一気に押し入ったのである。

「ふはっ」

恵令奈が頭を振ってくちづけをほどく。何が起こったのかと、驚愕と混乱の入り交じった表情を浮かべた次の瞬間、

「いっ——たぁあああいっ！」

盛大な悲鳴をほとばしらせて暴れ、直也を自分の上から押し退けた。同い年の少女とは思えない、強い力で。

「わっ」

直也はベッドから転がり落ちた。涼花が咄嗟に受け止めてくれなかったら、腰や頭を打って大事になったかもしれない。

しかし、恵令奈はそれどころではなかったようだ。

「バカバカ、なんでいきなり挿れちゃうのよ。オマ×コが壊れちゃったじゃない！」

涙目で怒りをぶちまけ、自身の秘部に指を這わせる。

「ほらぁ、血が出てる」

指先に鮮血が付着していた。処女膜が切れたのだろう。

「しょうがないでしょ。初めては痛いし、血だって出るんだから。わたしだって――」

何か言いかけて、涼花が口をつぐむ。初めてバイブを挿入したとき、同じように痛みと出血があったのではないか。

ところが、ワガママな末っ子は聞く耳を持たない。

「もうヤダ。エレナ、金輪際エッチなんてしないからっ！」

泣きべそ顔でむくれ、ボックスから抜き取ったティッシュを股間に挟む。それから、唖然となっている少年をギッと睨みつけた。

「直也が悪いんだからね。エレナのバージンを奪った上に、こんな酷い目に遭わせるなんて。今に見てなさいよ」

逆恨みもいいところである。

（え、僕のせいなの？）

さすがにあきれたものの、勃ちっぱなしのペニスにも赤いものがついているのを見て、ちょっぴり罪悪感を覚える。

「まったく、しょうがないわね」

やれやれという顔を見せた涼花が、不意に艶っぽい笑みを浮かべた。

「直也君、ここに寝て」

「え？」

「妹の不始末は、姉が責任を取らなくちゃいけないの」

訳がわからぬままカーペットの床に寝そべると、彼女が腰に跨がってきた。強ばりきった陽根を上向きにして、その真上に秘芯を移動させる。

「わたしの中でイッていいからね」

告げるなり、たわわなヒップが落下した。

「あああっ」

直也はのけ反り、裸身をヒクヒクと波打たせた。

「ああん。な、直也君のオチ×チン、すごく硬い」

体内での脈打ちを感じたか、涼花が美貌を甘く蕩けさせる。女装っ子に続いて、妹と同い年の少年とも結ばれたのだ。ショタ趣味の女子大生には至福の一日と言えよう。

（僕、涼花さんともセックスしたんだ）

これで三姉妹の全員と交わったことになる。しかも小夏と恵令奈からは、バージンも捧げられたのだ。

もっとも、恵令奈とはほんの数秒の、短い繋がりであったが。

「動くわね」

涼花がおしりを上げ下げする。ねっとりとまつわりつく蜜穴でペニスをこすられ、直也は「ああ、ああ」と喘いだ。

(すごい……なんて気持ちいいんだろう)

小夏の膣ほど締めつけは強くない。そのぶん、しっとりと包み込まれる感触がたまらなかった。おまけに、内部に凹凸があって、それが敏感なくびれをぴちぴちと刺激するのだ。

歓喜に息をはずませつつ、ふと気になってベッドの上を見れば、恵令奈が悔しげに顔を歪めていた。初体験の相手を姉に横取りされ、嫉妬しているふうでもある。

(この様子なら、近いうちにまたさせてくれるんじゃないかな)

負けず嫌いの彼女のことだから、逃げっぱなしなんてプライドが許すまい。どうせロストバージンしたのだから、セックスでもちゃんと感じるようになりたいと願うのではないか。

それこそ、騎乗位で跨がり、夢中になって腰を振る姉のように。

「あん……ああっ、き、気持ちいいっ」

うっとりした面差しで悦びを口にする女子大生。ついさっきまで処女だったとは信じられないほど淫らだ。

それに昂奮させられたのか、脇にぺたんと坐った優希がオナニーをする。いつの間にか復活していたペニスを、右手でゆるゆるとしごいた。

「優希ちゃん、僕がしてあげるから」

手をのばして告げると、彼がハッとしたように身じろぎをする。それでも、こちらににじり寄り、股間にそそり立つモノを差し出した。

もはや手に馴染んだ感すらあるそれを、直也は寝そべったましごいた。涼花とセックスしながら。

「あ、あ、感じる」

女装少年がのけ反って喘ぐ。それもショタ好きのお姉さんを昂らせたようで、腰づかいがいっそう派手になった。

「ああん、いい、いいのぉ」

呼吸をせわしなくはずませ、涼花が上昇する。バイブで膣内摩擦の快感に目覚めていたのか、もうすぐ絶頂しそうだ。

「まったく……またエレナばっかりのけ者にして」

不満げにこぼした美少女も、ベッドの上で恥芯をいじっていた。時おり顔をしかめたのは、破瓜の傷が癒えていないからだろう。それでも頬を紅潮させ、半開きの唇から吐息をこぼす。

かくして、四者四様に快感を求め、ほぼ同時に昇りつめる。

「ああ、イク、出ちゃうぅ」

優希が腰をワナワナと震わせる。さすがに薄くなったザーメンをピュッとほとばしらせたのに続いて、

「イヤイヤ、い――イク、イクイクイクぅ」

涼花があられもなく嬌声を張りあげ、裸身をぎゅんと反らせた。膣の締まりが強烈になり、直也も限界を迎える。

「ううっ、で、出ます」

年上女性の奥に熱い樹液を放ちながらも、視線は恵令奈に向けられていた。

「きゃふッ」

愛らしい声を洩らし、彼女が半裸のボディをわななかせたのを、しっかりと目

撃する。前屈みになり、肩を上下させるところまで。

(イッたんだ、恵令奈ちゃんも)

粘つく精汁を滴らせるペニスをゆるゆるとしごきながら、直也はオルガスムスの気怠い余韻にどっぷりとひたった。

5

今日は高校の入学式。

真新しいブレザーの制服に身を包み、式に参列する両親よりひと足先に学校へ向かう。途中、同じ中学出身の友達と会い、直也は話しながら一緒に歩いた。

お揃いの制服姿の彼らは、中学生のときよりも大人びて見える。だが、セックスを経験したのは、さすがに自分だけだろう。

しかも、お隣の姉妹三人と。それればかりか、女装少年ともめくるめくひとときを体験したのだ。

高校生になって、勉強も難しくなる。先生たちは中学のときほど親切ではないと聞くし、級友や先輩との関係に悩まされることもあるかもしれない。

だけど、どんなことでも乗り越えられる自信があった。春休み中の経験が、そこまで成長させてくれたのだ。

生徒玄関を入ると、クラス名簿が貼り出してあった。

(恵令奈ちゃんもいっしょだ)

同じクラスにお隣の美少女の名前を見つけ、胸が大いにはずむ。

「おい、あの子、すごく可愛くね?」

誰かが言い、その場にいた少年たちの目がそちらに向けられる。制服姿の恵令奈が、すまし顔で階段のほうに向かっていた。

(やっぱり目立ってるな、恵令奈ちゃん)

なんだか嬉しくなる。直也はその場から抜け出して、彼女のあとを追った。

「恵令奈ちゃん」

階段に足をかけたところで声をかけると、恵令奈が踊り場で振り返る。そのとき、開いていた窓から春の風が吹き込み、彼女のスカートをふわりと舞いあげた。

(え――)

ドキッとしたのは、もちろん下着が見えたからである。

これまで目にしてきたような、セクシーなものではない。成長途上の腰回りをすっぽりと包むのは、純白のパンティだった。

「なによ、またパンツを覗きに来たの？」

ばっちり見られたとわかっても、恵令奈は少しも慌てない。これは今までどおりだ。

「いや、そういうわけじゃないけど」

とりあえず追いついてから、こそっと確認する。

「さすがに学校では、ああいうセクシーなやつを穿かないんだね」

「当たり前じゃない。エレナ、友達や先生の前では、マジメなイイコなんだから」

つまり、ああいうエッチで奔放な姿を見せる相手は、限られているのだ。そのひとりが自分であることを、直也は誇らしく感じた。

「そう言えば、僕たち同じクラスだね」

「だからって、学校では馴れ馴れしくしないでよ。直也とは、単なるお隣さんなんだから」

「学校ではってことは、家に帰ったら馴れ馴れしくしてもいいんだね？」

恵令奈は何も答えず睨んでくる。それから素早く動いて、少年の頬にチュッとキスをした。

「え、恵令奈ちゃん？」

「エレナの言うとおりにしていれば、またイイコトしてあげるわよ」

相変わらず傲慢なのも愛おしい。直也は「わかった」と笑顔で返答した。

「なによ、ニヤニヤしちゃって。キモいやつ」

侮蔑の言葉を口にしながらも、彼女の頬には赤みが差している。

そのとき、階段の上から足音がした。ふたりは急いで離れたが、現れた人物にそろって安心する。優希だったのだ。

「あ、ど、どうも」

他人行儀に頭を下げ、オドオドする彼が身にまとうのは、男子の制服だ。女装の愛らしさを知っているぶん、妙にそそられる。女子が男子の格好をしているみたいな、中性的なエロティシズムがあった。

(優希ちゃんも三年間、一緒なんだよな)

これから楽しくなりそうだと、直也は新しい生活への希望に胸をふくらませた。

＊本作品は書下しです。文中に登場する団体、個人、行為などはすべてフィクションであり、実在のものとは一切関係ありません。

◉新人作品**大募集**◉

マドンナメイト編集部では、意欲あふれる新人作品を常時募集しております。採用された作品は、本人通知のうえ当文庫より出版されることになります。

【応募要項】 未発表作品に限る。四〇〇字詰原稿用紙換算で三〇〇枚以上四〇〇枚以内。必ず梗概をお書き添えのうえ、名前・住所・電話番号を明記してお送り下さい。なお、採否にかかわらず原稿は返却いたしません。また、電話でのお問い合せはご遠慮下さい。

【送付先】 〒一〇一‐八四〇五 東京都千代田区神田三崎町二‐一八‐一一マドンナ社編集部 新人作品募集係

隣《となり》の三姉妹《さんしまい》 僕《ぼく》は童貞玩具《どうていがんぐ》

二〇二三年 十二月 十日 初版発行

著者◉橘 真児【たちばな・しんじ】

発行◉マドンナ社
発売◉二見書房
東京都千代田区神田三崎町二‐一八‐一一
電話 〇三‐三五一五‐二三一一（代表）
郵便振替 〇〇一七〇‐四‐二六三九

印刷◉株式会社堀内印刷所 製本◉株式会社村上製本所 落丁・乱丁本はお取替えいたします。定価は、カバーに表示してあります。

ISBN978-4-576-23134-1 ◉Printed in Japan

Madonna Mate